U0365956

［美］童明 著

现代性赋格

19世纪欧洲文学名著启示录

修订版

生活·讀書·新知 三联书店

图书在版编目（CIP）数据

现代性赋格：19世纪欧洲文学名著启示录／（美）童明著. —修订版. —北京：生活·读书·新知三联书店，2019.5
ISBN 978-7-108-06349-6

Ⅰ.①现… Ⅱ.①童… Ⅲ.①文学评论－欧洲－19世纪
Ⅳ.① I500.6

中国版本图书馆 CIP 数据核字（2018）第 145298 号

责任编辑　吴思博
装帧设计　康　健
责任校对　安进平
责任印制　徐　方
出版发行　生活·讀書·新知 三联书店
　　　　　（北京市东城区美术馆东街 22 号　100010）
网　　址　www.sdxjpc.com
图　　字　01-2018-5882
经　　销　新华书店
印　　刷　河北鹏润印刷有限公司
版　　次　2019 年 5 月北京第 1 版
　　　　　2019 年 5 月北京第 1 次印刷
开　　本　880 毫米 × 1230 毫米　1/32　印张 7.75
字　　数　200 千字
印　　数　0,001－8,000 册
定　　价　49.00 元
（印装查询：01064002715；邮购查询：01084010542）

伊曼纽埃尔·康德

米歇尔·福柯

古巴环形监狱实景

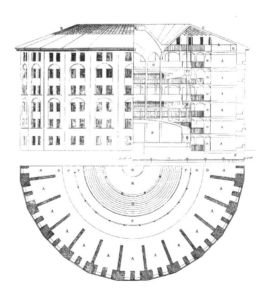

古巴环形监狱设计图

夏尔·波德莱尔

拿破仑三世命令奥斯曼改造巴黎

巴黎奥斯曼时期的伊沃里大街

巴黎奥斯曼计划"建筑热"讽刺漫画

巴黎奥斯曼计划
"建筑热"讽刺漫画

古斯塔夫·福楼拜

《包法利夫人》中
查理·包法利的复合帽

《包法利夫人》中
查理·包法利的复合帽

目　录

尼采篇

再听已是曲中人（修订版序）

1

《现代性赋格》于2008年首次出版。去年，北京三联书店找到我，说书的反响不错，希望能够再版。我自然为之欣喜。隔了十年，书的意图和格局不变，但要补充、勘正、修订，有些话可以说得更清楚。未尽之言，就写在这篇新序里。

十年间在各地讲课，与许多人谈起这本书或其中章节，他们或评或问，给我不少启示。经常问的问题有二，借此机会首先作答。

一问：这是一本什么样的书？或，为什么这样写？这本书以19世纪欧洲经典文学为例，以当代思辨理论为主干，探讨复调的现代性，是学术著作，但写法尝试着融历史、作品和理论为散文，说它是学术散文集也未尝不可。

在美国一所大学任教二十多年了，用中文写学术文字，不受项目限制，不受奖项所累，也不依靠资助，我觉得比较自由。西方思辨理论（critical theory）是我的专业领域之一，长期沉浸其中，知道思辨理论艰涩难懂，何不深入浅出，做更直观易懂的表述？但思辨（critique 或 critical thinking）之为思辨，难免引出概念及术语，这对接触思辨理论不多的读者有所挑战。有朋友建议，不妨学术性再少些，散文性再多些。我听进去了，毕竟更喜欢以印象为主的文字。谁知道呢，下一本书就那样写了。

学理性的写作我不会放弃，因为学理的思辨，是使人获得自主和自由的重要能力，仍然是稀缺之物，而且新的启蒙需要更多更好的学理性读物。现实是，渗透在我们生活里的思想概念，影响并控制我们的思维，若无力对之思辨，无异于放弃自由的思想和生存。诚然，直接切入时弊的文章更痛快淋漓；学理思辨则似乎游离于现实之外，在抽象层次回应现实，但是如果被理解，便更有力量。西方人很把思辨当回事，认真到笨拙，却抽象出了一次又一次真正的革命，实乃大智若愚。我们的人文学术也需要大智若愚。学术若耐不得寂寞，往往大愚若智；若屈从于利益，则思辨退化而彰显花辩。花辩，即辩论比赛中的"花样辩论"，可搁置是非对错，调动各种技巧和花样，只为赢得一时的胜利。花辩在比赛中是娱乐，进入公共话语就成欺骗，进入学术已是堕落。良知是学术的最低和最高标准。具体而言，良知是对历史环境中何为正义的认知，然后担当起这种认知。

《现代性赋格》从现代性体系及其概念说起，谈到 19 世纪欧洲经典文学家（本书所选的作家都是现代主义文学的先驱）对现代体系做出的各种应答和思考。这些历史中和理论中的事，与今天的现实并非没有关系。历史中出现过的问题总在反复，有些已经重现。更何况，世界意义上的现代化终于来到中国，梳理并厘清历史上有关现代性的来龙去脉、是非曲直就势在必行。

有一隐私可坦诚公开：这样写作受到了尼采风格的鼓舞。西方思想史上，柏拉图传统设置了二元对立，把本不该分割的分割开来，尊此贬彼，以立绝对之理，如尊哲学而贬诗学，尊知识而贬解读，等等。尼采逆此传统，将艺术思维和逻辑思维重新融为一体，形成诗性的思辨。这种新的哲学和写作方式，也使尼采成为后现代思辨理论的主要先驱，但写作如尼采一般诗意盎然的当代理论家并不多见。

二问：为什么用后现代理论谈现代性？这似乎在问，在理论上你是现代派还是后现代派？国内有一种相当普遍的看法（其实是误解），认为后现代性意味着现代性的终结，现代和后现代分属两个理论和历史阶段。这是把现代性和后现代性的关系看作"断裂"（rupture），而不是"延续"（continuity）的。依此理解，便有了现代和后现代截然属于两派的推论。

不喜欢后现代的理由有多种，其中之一是：我们连现代性还没有解决好呢，何必操心后现代。这个看法的前一半很有道理，后一半可以商榷。

关于后现代的理论有好几种。"断裂"的看法可在美国的詹姆逊那里找到支持。詹姆逊在阐述他的后现代理论时，除了提出当代文化的新特征，还把现代主义看作后现代的对立面，认为现代文学曾有反叛的力量，被经典化之后已趋陈旧，因而过时。詹姆逊看到的现代性相对单一，看到的历史呈直线进展，进而认为文学史也以进化而论，这是黑格尔式的历史观。詹姆逊认为，后现代是个新历史阶段，即"晚期资本主义"。既然世界的主要形态还是资本主义，既然和这个形态相应的现代体系还在起作用，那么，启蒙开启的现代就还在继续。

不妨说说"后现代"这个词的起源和发展。"后"（post）这个前缀和当代理论发生关联，始于20世纪60年代。当时，欧洲思辨理论看到了"结构主义"的局限，提出"后结构主义"的说法；"后结构主义"（如今很少用）很快和"后现代"混合使用。综合各种"后"理论来看，"后"并非"之后"那么简单，而有"思辨"（critique）的含义。如"后殖民"认为，殖民主义并没有结束，而是以别的形式存在，其意识形态还在继续，所以要经思辨予以解构。"后"既然有"思辨"的意思，理解为"后见之明"更为贴切。这个"后"不是单指时间的先后，更有思辨的姿态。

本书提到的许多后现代理论家，并不采用詹姆逊的视角。作为一个语义丰富的"伞形概念"（umbrella category），"后现代"汇集了各种思辨策略，这些策略看似突然出现的顿悟，却是几百年历史渐悟的积累。思考"现代性"就是思考启蒙，已经有许多的角度和灼见，本书从启蒙运动说起，在19世纪欧洲经典文学里寻找现代性形成复调的轨迹。

"赋格"是个音乐概念，借以比喻：现代性并非单一声部的音乐，而是时空里的复调（多声部）音乐。"后现代"正是那些对启蒙的体系现代性形成对位的各种答题。从历史和现实来看，现代性和后现代性并存，两者对我们的当下都重要，缺一不可。

从宏观历史看，启蒙为"现代性"做哲学立法很有必要，自然也就形成体系。简而言之，"现代"就是以人权价值挑战神权价值，以民主思想取代君主专制，以世俗价值（secular values）确立现代的世界观。联合国 1948 年通过的《世界人权宣言》，就是将人的权利归纳为启蒙以来形成共识的那些关乎人的尊严、平等、自由的权利和价值，并要求现代国家以民主和法律保护这些权利。由此可见，对启蒙现代性的积极价值已形成世界性的共识。

启蒙为实现这些现代价值建立起体系现代性；体系包括了理性、自我（主体）、科学、知识、历史等若干相互联系的中心概念（第二章陈述这些概念如何关联成为体系）。从后见之明看，启蒙关于这些概念的假设也有其盲点，在历史发展中有时导致黑暗和退步，而光明和进步的宏大叙述却用来遮掩。例如，受过理性启蒙的欧洲，未能避免"二战"中如屠犹这样反人类的罪行；"理性"成为工具，被误用于殖民主义和帝国主义的扩张；所谓"理性之光"，竟然产生了乌托邦的绝对真理，并且在实践中服务于专制。

思辨随历史的变化而变化，启蒙的遗产也要反思。中国人的现代化，既要现代性，也要后现代性。最要紧的，其实是自主的思辨，而自主思辨的一部分是文学中的美学判断。

2

这本书以赋格比喻现代性的复调（多声部），已是对现代性做元理论（metatheory，即思考各种理论的理论）的探讨。元理论要求有更宽阔的历史观，不妨重温历史中几个复调的故事。

比如，康德和福柯的故事。康德对政治学的贡献众所周知。他提倡的"永久和平"，后来成为国联和联合国的基础。康德的主要哲学著作是《纯粹理性批判》《实践理性批判》和《判断力批判》，三个批判论及理性、道德和艺术。康德拒绝分析性理性，反对休姆的怀疑主义，在此基础上，他提出先验和经验的综合形成理性判断，以此为启蒙理性提供合理性和绝对性，成为启蒙理性的手册。而康德在写《判断力批判》（第三个批判）时，又意识到美学判断不仅包括理性，还包括理性之外的人性各种功能（faculties），所以，在某种意义上，康德的第三个批判默默抵触着康德的理性论述。康德的一致性，是他倾心于先验和超验，其哲学归结于神学，他心目中的理性人，实为浸没在神光之中的人。康德既是理性主义的哲学家，又充当了浪漫主义的哲学家，而浪漫主义的中兴，缘于对启蒙理性的反叛和质疑。英国浪漫诗人柯勒律治和华兹华斯、美国超验思想家爱默生，在完成各自的浪漫诗学时都得益于康德。如此看，康德的矛盾与复杂也是他的复调。

1784 年 11 月，德国一家杂志《柏林月刊》（*Berilinische*

Monatschrift）发出一份问卷，问"Was ist Aufklärung？"（什么是启蒙？）今天的杂志问卷无非是对不同观点摸底，而 19 世纪这份问卷在认真寻找答案。康德的身份很适合作答，文章的题目就是"Was ist Aufklärung?"。

问什么是启蒙，等于问什么是现代性。康德本可借此重述他的理性论述，却另辟蹊径，所答有些出人意料。康德说：启蒙意味着人类必须摆脱"不成熟的状态"（immaturity）；所谓"不成熟"就是"自己造成的被监护状态"（self-incurred tutelage）。"被监护的状态"本是儿童的状态，成人"被监护"是"自己造成的"，因为不能或不愿自主，任由别人"监护"控制，说白了这是"奴性"。怎样摆脱这种状态？康德提出，理性之使用有两种并行不悖的方式：一是"理性的私用"（the private use of reason），即每个人，无论是士兵、公务员、教师或其他，应遵守公德，言行与其社会角色相符；二是"理性的公用"（the public use of reason），即每个人对公共利益负有责任，要像学者那样公开、自由地表达深思熟虑的观点。这两种理性的使用也可分别译为："自省的理性"和"公共的理性"。为保障理性公开、自由、普遍的使用，一个社会必须充分保障言论和思想自由，方能使人类摆脱"自己造成的被监护状态"而走向成熟。

康德对启蒙的这个定义，是思想史上一个很亮的亮点，逐渐赢得现代文明国家的认可，很少有人公开反对。

福柯，法国人，今归于后现代理论家。1984 年，康德撰文整整两百年之后，福柯用法文撰文表达自己的观点，标题是法文"Qu'est-ce que les lumières？"（什么是启蒙？），法文标题下还有一行德文"Was ist Aufklärung？"，用意很清楚。

隔了两百年，我们如何回答：Was ist Aufklärung？ Qu'est-ce que les lumières？ What is Enlightenment？ 什么是启蒙？

显然，启蒙还要继续，现代性还要继续。但两百年的历史经验要求回答有所不同。

福柯答这个题，是接着康德的答案再答。用赋格比喻，康德提出了导句（或主题），福柯以答句（答题）回应。答句是导句的变化，不是对它的否定。

福柯先分析康德的那篇文章。他深知，康德关于理性的论述，某种程度上代表了体系现代性。以历史赋予的后见之明，福柯毫不含混地指出，启蒙留给我们的遗产有积极和负面的两部分（positives and negatives）。负面的那些，福柯称之为"启蒙的讹诈"（the blackmail of Enlightenment），应该拒绝。拒绝了"讹诈"才能继承启蒙积极的遗产。

启蒙的积极价值和负面遗产并存，是历史事实。美国以启蒙价值立国，其历史是一个恰当的例子。在平等自由价值的感召之下，美国人在废奴、争取性别平等、民权等方面取得的成果，是启蒙现代性的积极价值；而种族歧视、帝国主义扩张是美国历史的另一面，这些指向启蒙现代性的负面。"理性"可以被善用，也可能被误用。思考美国历史，若以理性的误用来否定理性的善用，就失去了是非判断。

康德设想的理性主体（the subject of reason），是先验和绝对理性的化身。福柯不同意这一点，他以波德莱尔的浪子为例，重新阐述现代主体和现代性。福柯说，现代的自我，不是在自我之中发现什么固有的本质，而是不断发明而创造的自我。自我不可能稳定不变。

福柯接着康德的话题说：启蒙作为一个历史事件，尚未使我们成为成熟的人。启蒙的目标还没有实现。

启蒙的体系现代性产生了一个命题，即理性的人要懂得何时服从，何时行使自由。为厘清服从和自由看似矛盾的关系，康德提出理性的私用和公用并行，并强调言论自由是前提。福柯认为这是康德独到的见解，并且说，康德实际上修正了意志、权威和使用理性之间的关系。

还原到具体的历史语境，这段话就易于理解了。福柯认为，康德之所以强调在公共领域自由行使理性，以摆脱"被监护的状态"，是要王权让位于人权，是特意说给腓特烈二世（Frederich II, 1712–1786）听的。康德对启蒙的定义，也是他向腓特烈二世提出的一份社会契约。

3

腓特烈二世（又称腓特烈大帝）是普鲁士国王，在位的时间是1740 年至 1786 年。彼时，德国尚未统一，有一部分领土称为普鲁士王国。在腓特烈二世的治下，普鲁士大举扩展领土，军事力量大幅增长，普鲁士成为欧洲的强国。腓特烈成为军事和政治强人。

腓特烈大帝实行"开明的专制"（rational despotism）。专制不言而喻。所谓开明，指他支持在政治、经济、哲学、法律、音乐等方面的启蒙，赞助文化艺术，推动德意志启蒙运动。康德关于启蒙的那一番话，既针对他的开明，也针对他的专制。

开明的专制者是什么样的？举一个看似平凡的例子。

1741 年，腓特烈大帝召见音乐家巴赫。从权力的角度看，这是国王宠幸巴赫。从音乐角度看，这是巴赫给了腓特烈一个面子。

巴赫不愧为赋格之王，他熟悉各种赋格的作曲风格，运用灵活自如，身后留有《赋格艺术》(*Die Kunst der Fuge, BWV 1080*) 的乐谱，含十四首不同风格的赋格和四个 D 大调的卡农。

赋格这种多声部音乐形式，讲究对位法 (contrapundus)。当代思辨理论出现"对位现代性" (contrapuntal modernity) 就是借用赋格的术语，指对体系现代性做出应答的其他现代性观点。卡农 (Canon，直译：规则) 是一种可追溯到拜占庭时代的圣歌作曲法，涉及乐句的小段、进入曲内的位置、如何形成重叠和追逐等。

1741 年离巴赫去世还有三年，他功成名就，垂垂老矣。腓特烈大帝懂一些音乐，喜欢简单的旋律，但至高无上的权力使他高估自己的音乐天分。他不懂也不喜欢赋格，却有意为难巴赫，故意写下几个音符凑成一个难以变成复调的乐句，当场让巴赫变成赋格。巴赫在钢琴前坐下，犹豫片刻，根据腓特烈的乐句，演奏出一个三声部的赋格，博得满堂彩。估计腓特烈大帝心里不爽，立即要巴赫再写成六声部的赋格。巴赫说：请陛下再给点时间。起身告辞。

几天后，巴赫送来六声部（含若干卡农）的赋格《音乐的奉献》(*A Musical Offering*)。巴赫希望腓特烈能让此曲流传后世，但国王很快就忘得一干二净，再没有让人演奏过这首赋格曲。幸好巴赫自己留了底，把乐谱给了朋友，《音乐的奉献》得以流传至今。

这首赋格前几个简单的音符，像一只笨拙的鸭子蹼足行过，那是腓特烈出的主题乐句；巴赫由此展开乐曲，演绎成海阔天空、美妙无比的赋格，足见他化腐朽为神奇的能力。

巴赫提交的乐谱上，在一个小节上写下一行字，提示音符从这里上升，直达陛下您的荣耀。但仔细听，这些音符并没有上升，而在浩然之悲中低回转圜。巴赫预先猜到了，腓特烈二世不会听这首赋格。

腓特烈大帝不喜欢巴赫的赋格，不仅关乎音乐品味。开明的专制者，势必要做宽容大度的姿态，但心胸未必就宽阔。他的最爱是高度统一的权力，性格嘛，单调无趣。

4

故事的重写也形成复调。说到现代性的赋格，歌德如何重写浮士德有必要提一笔。

浮士德的故事先流行于民间。1587 年，德国出版商史庇斯（Johann Spiess）汇集浮士德之种种，首次刊印了文字版本的浮士德故事。次年，英国作家马洛（Christopher Marlowe）出版了《浮士德博士的悲剧》。之后，浮士德的故事演绎为抒情诗、哲学性悲剧、歌剧、木偶剧、漫画，如此等等，种类繁多。多数版本按照道德逻辑，勾画了一个毫无良知、恣行无忌的浮士德。再后来，浮士德成了"长发披肩的男孩儿"

（long-haired boy）。1945 年，美国在新墨西哥引爆第一颗原子弹，一个军官惊呼："上帝啊！……这些长发披肩的男孩儿们失控了！"因为这一声惊呼，浮士德突变为现代科技失控的符号。

在所有重述浮士德的故事中，人们公认歌德的诗剧《浮士德》（上、下两部）最为深思熟虑。1770 年，歌德 21 岁，开始写《浮士德》，断断续续，到 1831 年完成时，已经 82 岁。书付梓后的第二年，歌德去世。写作这本书，前后历时六十年。深知文学家创造之艰辛和伟大的，是另一个文学家，20 世纪末，木心有感于这个奇迹，写下散文诗《魏玛早春》，向歌德致敬，也为中国当代文学史留下可贵的一笔。

歌德写作的这六十年，恰逢法国大革命前后，世界发生了巨大变革。晚年他写《浮士德》下部时，现代化已全方位展开，歌德想把浮士德写成现代讽喻的意图逐渐明确。

歌德笔下的浮士德，不是"长发披肩的男孩儿"，而是年过半百的饱学之士，集博士、法学家、神学家、哲学家、科学家、教授等职于一身，符合启蒙体系的"理性人"（man of reason）期待。其他版本里，浮士德借梅菲斯特的魔法，只为满足一己尘世的欲望。歌德的浮士德，则是厌倦了学院和书本的知识，意欲借魔法以窥宇宙的灵符，深入万物的秘密。这个浮士德热爱知识、形而上学、古典美学，他追求的三个梦分别是人间之爱（格蕾辛）、古典之美（海伦）和现代化的事业。

到了诗剧的终结篇，浮士德求发展的欲望，和现代的经济、政治及社会力量结合在一起，成为社会发展之梦。浮士德这个"理性人"，此时俨然是现代性的化身。最后的这个浮士德，是所有自视为现代化发展"主体"的浮士德们。当然，浮士德的故事不能缺了梅菲斯特。在讽喻的意义上，梅菲斯特是浮士德的心魔，也是现代人的心魔。

剧中的浮士德起初以为，他的发展事业不过是填海造地，征服自然，没想到发展还与"人"相关，更没想到由此衍生的问题，会让他纠结。

歌德的笔下，浮士德要面对的"人"具体为一对老夫妇，鲍西丝（Baucis）和她的丈夫菲莱蒙（Philemon）。他们在海边的小丘上住了一辈子，有自己简陋的农舍，园里长着菩提树，旁边的小教堂，从早到晚钟声悠扬。鲍西丝和菲莱蒙都是善良的普通人，经常救助遇到船难的人，慷慨地招待过路的旅客。

在罗马诗人奥维德的《变形记》里，鲍西丝和菲莱蒙是一对贫穷而好客的老夫妇。主神朱庇特和儿子墨丘利扮乞丐下凡，被乡邻拒之门外，却受到鲍西丝和菲莱蒙的款待。家里无米难为炊，他们去捉家里唯一的鹅，朱庇特于心不忍，让鹅先一步逃脱，鲍西丝给客人斟酒，酒杯也永远满着。

歌德继承奥维德的人物原型，又添加一些细节，如小教堂的钟声。钟声是鲍西丝和菲莱蒙心灵的鸣响，是他们的精神寄托。浮士德呢，一心想着他的发展计划，钟声长鸣时，他心烦意乱："该死的钟声！像一支暗箭重创了我""钟声一响，我就要抓狂"。

与奥维德不同的是，歌德笔下的鲍西丝和菲莱蒙是现代小人物，是文学中最早出现的拆迁户。浮士德们不把他们看作现代化的"主体"，他们便成了阻碍"进步"的人，多余的人。

浮士德自视"主体"拥有天赋的权力，可任意主宰他人的命运。歌德的想象，让我们直视这个"主体"的内心。

与之前的剧情不同，这次要鲍西丝和菲莱蒙迁走并非梅菲斯特的意思，而是浮士德自己的决定。浮士德式的拆迁也有程序的"合理"：他同意给鲍西丝和菲莱蒙补偿，还给他们安排了一块好地方。但他忘了最重要的一点：这里是别人的家。鲍西丝和菲莱蒙就是不肯搬。浮士德勃然大怒，下令："那就前去把他们弄走！"梅菲斯特领命，带工作队前去（类似今天的拆迁队）。深夜，梅菲斯特归来。浮士德感觉不对，追问之下得知：梅菲斯特的人逼死了鲍西丝和菲莱蒙，借宿的客人也被打死，房子和教堂葬身火海。

浮士德本想治理外部的荒原，现在荒原在他心里扩延。浮士德纠结了。焦虑之中，浮士德突然失明。梅菲斯特趁机令手下人为浮士德掘墓，却欺骗浮士德说：叮叮咚咚的铁锹镐头之声说明工程在顺利进展。失明的浮士德，错把为他掘墓的声音当作最好的音乐，幻想着他的伟大事业将造福于人类。就这样，浮士德死去。

歌德重写浮士德悲剧给谁看？写给浮士德们，写给被抛弃的小人物们，写给受现代化影响的所有人。歌德所忧虑的，不仅是强拆，还有浮士德们为什么被魔鬼迷惑。他在问：如果浮士德们受梅菲斯特蒙骗，如果他们眼盲，现代化发展会出现什么后果？

我认为，歌德重写浮士德最成功的一点，是他不把浮士德写成恶人，而是写成符合现代体系要求的理性的人，用文学的手法恰如其分地指出了启蒙理性的盲点。

歌德毕竟是仁慈宽厚的，他让天使们带走浮士德的灵魂，而不留给梅菲斯特，给灵魂的救赎留下一线希望。

5

所谓历史，从来都是交错的曲线，却常被叙述为一条直线。直线叙述易于凸显历史的进步，一般是这样的：中世纪之后，欧洲出现文艺复兴、科学革命、启蒙运动，横扫封建秩序的僵滞和中世纪的愚昧，终结了以宗教信仰为特征的世界观，以科学、理性、平等为新的价值，旨在创造一个自由、幸福、没有残忍的世界，这是人类共同的现代化之梦。

现代性是启蒙思想家在变革激情之下对未来提出的理想蓝图。欧洲人根据柏拉图以来的理性传统和当时对历史、世界和科学的看法，对这套设计几经拼补而形成体系，称为**体系化现代性**，或**现代体系**。现代体系是积极的，组成它的元素也是合理的。

但是，只要问上几问，直线历史叙述塌陷，历史的曲折线显现。几百年来，现代体系一再给予人们变革的信息、理性的方案、光明的许诺，也一再让人们看到它变革、理性和光明的另一面。仅就平等这一点，要做到何其不易。

旨在使人类摆脱愚昧的科学，居然导致新的宗教，叫"科学主义"。这是启蒙思想家始料未及的。

现代性体系低估了人性的复杂，将其简单设定为理性；由此对人文学科做的解释和安排，其实是基于机械主义世界观。如此等等，不只影响了现代人文学科的走向，还有社会发展的蓝图。人类常自以为计算精明，然而种种"人算"常输给"天算"。这又是始料未及的。

西方的理性优先传统带有苏格拉底思想的先天不足，这种理性很容易排斥人文理性，变成工具；工具理性可以被善用，也可服务于殖民主义、帝国扩张、专制暴政、战争掠夺。工具理性使种种不合理合理化。一个又一个的始料未及。

宏大叙述的核心是"高度统一"，因此而绝对，绝对真理缺了宽容，宏大叙述就成了"讹诈"，屈服于它，等于放弃独立思考。

现代性的思考怎能忽略人性的复杂，怎能忽略探索人性的文学？美学判断、美学现代性综合人性的各个功能，有多层次思考的优势，文学的复调回应了历史的复调。理性推论可以结束在句号，美学思辨往往留下问号。问号指向无常和无限。

从现代经典文学的解读来理解现代性赋格，眼前出现更宽广的视野，这样的视野应该包括本书尚未包括的那些作家，如歌德、司汤达、普鲁斯特、卡夫卡、伍尔夫、加缪、福克纳等。但是，每本书都受设定的框架所限，这本书也一样。不过，本书有限的规模接驳着更宽的视野。

《现代性赋格》分为四篇八章。"启蒙篇"（含上、下两章）以启蒙为线索，陈述现代体系的构成和后现代对体系的思辨，是理论部分；"法兰西篇"（含"波德莱尔忧郁的理想"和"福楼拜的美学判断"

两章）与"俄罗斯篇"（含"欧洲现代化和彼得堡幻想曲"和"陀思妥耶夫斯基的地下人"两章）相互对照，呈现发达状况和不发达状况下现代性的不同问题，以及文学家在具体历史语境中的思考。"尼采篇"（含"尼采式转折"上、下两章）则是从整个西方思想史的大格局出发，对现代体系的思辨和应答。尼采是后现代思辨的转折点。

这本书选来细读的几位文学家（尼采也是诗人），有穿透时空的视力。波德莱尔以"忧郁"诗风表达"理想"，回应第二帝国奥斯曼式的现代化；福楼拜以"客观"小说风格鞭挞布尔乔亚并讽刺宏大叙述；陀思妥耶夫斯基借地下人之口，剖析工具理性如何导致背离人性的乌托邦；尼采从苏格拉底如何将美学与哲学对立着手，梳理整个西方思想史，并为现代意识注入希腊悲剧的美学智慧。曾几何时，这些声音几乎是异端邪说，几位作者被说成是败坏社会道德者、非理性者、疯子。

历史赋予的后见之明，让我们看到尼采、陀思妥耶夫斯基、波德莱尔、福楼拜是有先见之明者。他们禀赋瑰奇而风格迥异，共同点是善于采用比理性判断、道德判断、政治判断更为复杂、更接近人性的美学判断，以此对现代性提出各种的问和答，成为现代人文学和美学的精粹。

现代体系把"自我"抽象为理性主体，目的是维护体系的完整和稳定，而文学则通过虚构勾勒出"主体"的复杂。在《包法利夫人》里，郝麦（Homais）使用宏大叙述而滔滔不绝，是福楼拜讲给我们的笑话，因为郝麦口中的科学是无知，他口中的进步和光明是亵渎；福楼拜告诫我们：看看这些人，他们贪婪、自私、虚伪，却挟持了启蒙的话语。

而包法利夫人，想自主却不能，因为布尔乔亚文化的话语寓居在她的"主体"之内，替她思想，做了她的主。

说到"主体"，陀思妥耶夫斯基笔下的地下人最复杂，有着哲学家无论如何也演算推理不出的人性。

重要的话说三遍：对现代体系理性部分的思辨，不是对理性的否定，而是通过理性和艺术的统一获得新知。用尼采的话说，批评苏格拉底不是否定他，而是将逻辑家的苏格拉底转变为"实践音乐的苏格拉底"。

欧洲现代文学还揭示了浪漫主义的双刃性。浪漫，出自人类善良的本性。可是，善良不一定等于智慧。浪漫到不了解自己的程度，是幼稚；浪漫到看不清现实，是盲目，是愚昧。如果到了真假不辨、善恶不分的地步，浪漫是什么？

现代体系喜欢浪漫纯真的头脑，不喜欢怀疑者。以"光明进步"为号召，宏大叙述将其科学观、知识观、真理观当绝对真理推而广之，等于要求人们无条件乐观。但是，历史和生存，迫使人们保持对现实的清醒。新的启蒙需要这种清醒。自福楼拜以来，走出浪漫的误区成为美学现代性的重大主题。用福楼拜的话说，这是现代人必不可少的"情感教育"（sentimental education）。

6

这本书用汉语写成，起源却在另外的时空。我在加州州立大学开的课程中，"西方文论"和"19世纪欧洲文学"这两门课和这本书直接相关。二十年来，教学相长，累积了心得笔记。上课用英语，阅读文本采用英译本，原文却是德文、法文、俄文、希腊文、拉丁文、意大利文等，涉及的地缘、历史、语种跨越不同时空。

2007年12月，书稿首次出版之后，我和一位教经济学的朋友喝咖啡聊天，地点在西安高新区世纪广场的星巴克。西安有许多喝茶的好去处，在那里喝咖啡却正合适。室内格局、桌椅制型、墙面图案，一派欧风。顾客有上班族、逛街的女士、大学生，还有西方面孔的客人。恍惚间时空交错，我似乎身在美国，喝完咖啡就要去上课了。而此处明明在中国，在西安，在我长大的地方。外面的高新开发区，几年前还是农田，现在街景全城市化了，几乎没有传统中国的痕迹。我看见宽阔大道的两旁种上了棕榈树。有热带、亚热带的树木装点，街景更像洛杉矶的落日大道。那天西安落了头场雪，骤然降温，棕榈树披上白雪，叹为奇观。奇观中有些滑稽。当时我担心：西安这样的冰雪低温，棕榈树能否安然过冬。

朋友之间聊天，想哪儿说哪儿。当年，陕西镇坪县有人搞出个假华南虎事件。我当笑话听，朋友却说：这可不是一个人作假，各级官僚把这个假越做越大，这是政治腐败。这件事说大说开了，仿佛那只华南虎就蹲在星巴克。

朋友问我的新书怎么回事，但不要我用"行话"回答，直接问和国内现代化有无关系。我试从他的经济学角度解释：

从世界历史看，现代化和资本主义的发展演变分不开。不均衡的发展，把地球分成"东方"和"西方"（联合国后来又用"南方"和"北方"的说法）。较早进入发达状态的西方国家比我们较早发现了现代化的问题，现代意识也较早成熟。暂时不发达状况下的另一些国家，对现代化的向往促成缠绵的浪漫想象。19世纪的俄国就是这样。19世纪60年代，陀思妥耶夫斯基和车尔尼雪夫斯基之间的争论，是因为陀老看到了车老对现代体系的盲目乐观很危险，由此产生的乌托邦如果变为社会实践将会是灾难而产生。这场争论，至今余音回荡。

《现代性赋格》特意对19世纪巴黎式的忧郁和彼得堡的幻想曲加以对照，说明发达和不发达的状况之下，"情感教育"的课程有所不同，而这两门课程对我们都有借鉴作用。我们追求现代化，经过两个不同阶段，重复了19世纪的俄国文学和法国文学所记载的两种情感过程。

20世纪80年代之前的中国以车尔尼雪夫斯基式的光明和浪漫为主调，那时人们虽然已开始对此存疑，却并没有出现《地下室手记》那样的感悟。世界意义上的现代化在20世纪80年代以后抵达，中国进入相对发达状态，现代意识应该较接近欧洲发达国家所熟悉的意识。但是，曲折的近代历史使我们的现代意识充满矛盾。在长期不发达的时间里，我们只是想到经济发展，对现代性没有太多的思考。试过乌托邦的计划经济，再试市场＋计划的经济，两者虽有不同，哲学基础却都是启蒙形成的现代体系。以科学主义、工具理性、客观知识主体论为主要特征，宏大叙述成为对思想的囚禁。不过，怀疑和质疑已经有了，它们能催生更成熟的思辨。

十年前，我和那位朋友有个共同的忧虑：现代化来了，可是怎么像掉了魂儿似的。现代化的梦想毕竟要归于人、合乎人性吧？否则，为什么要追这个梦？

我们谈到，19世纪伦敦世博会的水晶宫用钢筋和玻璃建成，本是建筑史的进步，被大英帝国所用，变成宣示其帝国权威和财富、权力的象征，而后，在车尔尼雪夫斯基的《怎么办？》里，又奇怪地转化为乌托邦的象征。我对朋友说，我们和父辈都是看着《怎么办？》成长的。我当年下乡插队，宿命地带去陀思妥耶夫斯基的《地下室手记》，记得是民国时期杨维铿的汉译单行本。少年时期的我在"文革"时期的大山里对19世纪下半叶的车尔尼雪夫斯基产生了懵懵懂懂的怀疑。这个怀疑，使我逐渐走出了"被监护的状态"。

波德莱尔能用浪子的眼睛看城市现代化并写出现代的抒情诗？朋友兴致勃勃。我们一起想象，浪子会怎么看那只华南虎，怎么写《长安的忧郁》。

不同的时空在流动的意识里交融。

这十年的变化真大，高铁、地铁、桥梁、火柴盒似的高层建筑……最大的变化是，谁也离不开手机和微信了，人们似乎多了一个新的器官。再过十年，人工智能、生物学革命的普遍应用，还有更多的意想不到。这些变化，使人激动，也让人恐慌。

还有其他的变化。十年前，人们还为华南虎的作假而惊讶、愤慨，今天，作假作好的虎可都是真的。各种更大更普遍的作假，让人顾不上惊讶，不知如何愤慨；十年前，强力拆迁已经开始，如今日益被合理化，成为常态，其中的细节连梅菲斯特也自叹不如。

2007 年 12 月，我担心西安的棕榈树能否过冬，这些年它们一直安然无恙，这归功于环卫工人的工作，也验证了植物的生命力。而 2017 年 12 月，国人所担忧的，是许许多多打工的朋友突然流离失所，携家带口走进刺骨的寒风里。

文学或许没有什么用。但在伟大的文学里，至少人的良知不会过时。文学还教我们思考人的状况，教我们用歌德、卡夫卡、福楼拜、陀思妥耶夫斯基、波德莱尔、果戈理的眼睛观察变化的世界。

我有一个文学上的朋友，在一起聊文学的家常话几十年，前几年他去世了。在悲痛的时候，我想起他常讲的一句话：我们不能辜负了文学的教养。说也奇怪，他在我心里一直还活着。

那位和我一起喝咖啡的朋友，十年没见了。那时没有微信，我们常约了喝咖啡。现在有了微信，却没有了他的消息。希望他能看到修订版的《现代性赋格》，读到这篇序言。

三维空间加时间，是神秘的四维时空。作为物理形式，四维时空只是理论和科幻；作为意识形式，四维时空却随时可显现。

现代性赋格在四维时空里回响。初听不解曲中意，再听已是曲中人。

2018 年 1 月 28 日，于洛杉矶

启蒙篇

后现代思辨一个鲜明的特征是不事体系，以不事体系审视体系，继而产生立体的多元景观。《现代性赋格》不以单一现代性理论为目的，意在识别各种对体系现代性的对位应答，重现现代性的复调。复调式的理论已经是『元理论』(metatheory)。

贝克尔在《启蒙时代哲学家的天城》一书中说，法国启蒙哲学实际上是用『科学的神话』(a scientific myth) 取代了『基督教的神话』(a Christian myth)。这两种神话的结构十分相似。启蒙哲学想象的自然状态，活脱是基督教的伊甸乐园；无限进步的观点是天堂的世俗版。

什么是启蒙？这不是个一次一劳永逸的问题。如果启蒙是人类精神的悟知，启蒙就要一直继续。

第一章

启蒙（上）

现代计划的轨迹

1 从启蒙说起

和现代（modern）相关的还有三个词：modernization（现代化）、modernity（现代性）、modernism（现代主义，即现代文学和艺术）。"现代化"不言而喻。"现代性"指现代哲学思想，也就是那些与现代化和现代世界相关的价值观。"现代主义"通常又代表"美学／艺术现代性"（aesthetic/artisitic modernity），它与现代性有一致之处，又时有冲突，存在着张力。

思考现代性很重要，因为没有适当的现代价值，现代化就会失去灵魂，或变成无头怪物，或成了狮身人面的斯芬克斯（Sphinx）。无灵魂的现代化、无头怪物或斯芬克斯出现在现实中，比起神话喻说要可怕许多。

对现代性的思辨一直没有停止，在动态中显现出许多的层面。

与其问"什么是现代性？"不如问"现代性有哪些层面？有哪些价值应该坚持？有哪些问题需要警惕？"作历史动态观，现代性不是旷野一支孤笛，而是回荡时空的赋格。赋格（法文和英文 fugue，意大利文 fuga）是多声部对位音乐结构之一种。在赋格中，最先出现的主题（音乐导句）产生变化，随之出现几个与之对位发展的对题或答题，多个声音相互呼应，相互追逐，复调浑然一体。

我们认为，现代性是多意、多声、复调的，这其实已经是用后现代的方式讨论现代性。后现代理论不是否定现代性，而是使之在对话中继续。后现代思辨的鲜明特征是不事体系，以不事体系来审视体系，产生的是立体的多元景观（借罗兰·巴特的用语，stereographic plurality）。以《现代性赋格》为这本书的标题，意思是：不以单一现代性理论为目的，意在识别各种对体系现代性的对位应答，重现现代性的复调。复调式的理论已经是"元理论"（metatheory）。

从历史的大趋势看，"前现代"在欧洲是以神权为意识形态的君主专制时期，那段时期被史家称为中世纪；现代意识挑战前现代的意识，萌芽于文艺复兴；到了 17—18 世纪，霍布斯、洛克、休谟、康德等人的著作，以阐释人权和世俗化价值为己任，为现代世界作哲学思想的立法，挑战神权和王权代表的绝对价值，此时现代性之势于焉形成。进入 18 世纪，欧洲启蒙运动推波助澜，现代性形成了体系，今人称"体系（化）现代性"（systemized modernity）。

对于康德需要多说两句。康德的哲学巩固了启蒙的理性传统，但他又是浪漫哲学的理论家。康德在《判断力批判》（他的第三个批判）中谈到美学判断包括了理性之外的人性功能（human faculties），这又暗暗抵触着他的理性论述。康德的复杂和矛盾也是康德的复调。同样的道理，现代性不能用理性主义的单一音调来解释。

本书以 19 世纪欧洲文学为主要话题，展现现代性的各个层面，先从启蒙说起。在历史实践中，启蒙的体系现代性（或简称现代体系）的有些价值被肯定，有些价值则显露出问题和局限。两百多年来，质疑和思考体系现代性的声音累积了思辨策略（critical strategies），至 20 世纪下半叶化作新的理论能量，成为后现代性（postmodernity）重要的一维。"后"（post–）这个前缀，有"超越"的意思，也有"思辨"的含义。鉴于后现代性还是在谈现代性，"后现代性"这个说法，可以理解为对启蒙体系现代性的后见之明。

针对体系现代性的后现代，不是另立体系，而是不事体系，在历史、变化、新语言认识的更大格局中，继续寻求启蒙之光，继续启蒙。用当代思辨理论的另一个词语，"后现代性"可称作"对位现代性"（contrapuntal modernity）。"对位"的说法借用了多声部音乐。

启蒙是件大事。我们分上、下篇叙述。上篇综述启蒙如何提出了现代性计划，形成哲学思想体系，同时，还谈到启蒙中一些非体系的思想；下篇以 19 世纪欧洲文学和后现代理论为例，论及针对体系现代性的后现代讨论，以及后现代在理性、主体、知识、人等形成体系的概念上如何思辨，形成新策略。

2　启蒙的含义

在中文里，启蒙是接受入门教育、获得初等知识的意思，而在欧洲各国语言里，启蒙的意思不是小学，而是大学。解放思想，以获得新知新解，是启蒙在欧美语言中的主要语义。

英语的 enlightenment，法语的 l'éclaircissement、la lumière，德语的 aufklärung，意味着思想之光穿透阴霾。启蒙欲借"理性之光"（或"自然之光"）点亮黑暗，一扫愚昧无知。作为动词的 enlighten（éclaircir、aufklären）有"菩提树下心中开悟"之意，不过在启蒙语境中，开启的是科学和理性之悟。

启蒙是褒义词，其反义是愚昧、混沌、迷信、无知等。既然如此，主张"反启蒙"的人在遣词用字上已经输了。启蒙是对的，因为愚昧无知、执迷不悟一定不对。

启蒙，即英文里大写的 Enlightenment，具体指产生现代价值的思想运动。启蒙提出的现代计划（the project of modernity）有正面的影响，也有负面的影响，西方思想史在对启蒙长期的质询思辨中逐渐积累的各种智慧和策略，近几十年才汇总在"后现代"这个伞形概念之下。

评价启蒙运动是件细致的工作。过于简单化的想法，是将后现代和启蒙对立，好像赞同启蒙必反对后现代，赞同后现代则必反对启蒙，似乎黑白分明就是清楚，其实不然。严肃的后现代理论关心的是，启蒙运动有没有违背其初衷；在启蒙的旗帜下，会不会出现另一种盲从或迷信；"光明"的理想会不会再给自由的精神蒙上阴云。如此的眼光是反讽的，但继续启蒙的愿望如初。当代理论采用"后现代"一语，避开了"后启蒙"可能带来的歧义。也有人坚持用"反启蒙"之说，无意或有意就有了复辟神权价值的含义，反而回归绝对真理的老路，与启蒙和后现代的怀疑精神都是背道而驰。"反启蒙"不是后现代，因为不相信绝对真理（包括神学）正是后现代思辨的基础。后现代无异于又一次的启蒙。

从后现代角度看，启蒙是一次利弊参半、自相矛盾的历史运动，它终结了中世纪以宗教信仰为特征的世界观，以科学、理性推动社会发展，其革命和进步的特质无可否认。但启蒙的现代性价值体系及其在全世界的推广所产生的问题也有目共睹。对启蒙运动形成的体系（包括理性、科学、主体、知识、历史、人等概念的体系，下篇详述），应该用历史、变化、多元、喻说等当代思想做不事体系的思考，才能继续启蒙开启的现代性。

其实，对启蒙体系提出怀疑的所谓后现代，也源于启蒙运动。例如，"怀疑"作为理性思辨的一部分，源于笛卡尔。启蒙运动的关键人物卢梭也以此著称，他对启蒙的"进步"话语存疑。

启蒙运动发生在 17 世纪至 18 世纪的法、英、德、意、美各国。为叙述方便，有人把时间定在 1688 年英国"光荣革命"和 1789 年法国大革命爆发之间。宽泛意义上的启蒙，指现代思想哲学的整个计划（the intellectual or philosophical project of modernity）。现代性产生的时间，往上甚至可追溯到 13 世纪托马斯·阿奎那恢复亚里士多德逻辑的那一刻或其后的文艺复兴，继而发展延伸至 19 世纪的哲学（如英国边沁等人的功利哲学），并影响至今。

说到启蒙，人们会想到崇尚理性、科学、进步的现代精神，想到自由、平等、博爱的价值，想到民主政治取代君主专制的历史潮流，想到现代世界史上人类为摆脱迷信和愚昧做出的种种努力。这些进步有目共睹。中国人也是在启蒙价值的鼓舞之下开启中华民族的现代进程的。然而，启蒙形成的现代哲学思想体系还有它的另一面，其负面的问题在几百年的历史过程中逐渐被认识。

现代哲学体系依赖科学理性，更贴切的说法是依赖**工具理性**（instrumental rationality），指依赖那种可计算的逻辑推理。工具理性可以把思想转化为物质、效率，为现代社会青睐，助长重物质实效和实证的现代价值。然而，对工具理性的依赖不能提供生命的意义，甚至会排斥美学思维，排斥人类生存所需要的更深远的智慧。过于相信可计算的逻辑，其实是人类中心主义认识论的自大。例如，有些启蒙思想家对人类进步的展望基于这样的想法：人的逻辑计算必然是符合自然规律的，人算等于天算。而越来越多的事实是，当人算不把天算放在眼里的时候，天算不动声色地惩罚人算。

被工具化的理性还可以服务于殖民主义的掠夺、帝国主义的霸权。工具理性造成新的迷信，产生有违人性的秩序，甚至法西斯的秩序。理性的同义词是"合理"，理性被用来将不合理的事情合理化的事例比比皆是。

在启蒙的那个时刻，人类似乎苏醒。如今看，人类确实醒过，而后又昏昏睡去。也有人在关注人类醒与睡的状况，18世纪有，19世纪有，20世纪也有。他们有时被尊为伟人，有时被当作疯子。

科学、理性、知识、主体、进步，这些曾经（并仍然）激动人心的中心词，构成了启蒙运动的宏大叙述。宏大叙述展现如幻如梦的前景，令自主者受之鼓舞而有所作为，而不可自主者则为之迷茫，反遭愚弄。

宏大叙述是一种高度统一（supremely unifying）的叙述，因而容不得"差异"和质疑。它要求乐观，不允许任何悲观或任何人的悲观。它不敢悲观，悲观不起。

回顾两三百年来的历史，我们不禁问：宏大叙述的乐观，会不会太盲目？

利奥塔的后现代理论较詹姆逊的略早，思路也更清晰。他用一句话概括后现代性："若简化到极致，我对后现代性的定义就是，对（启蒙的）宏大叙述存疑。"（Lyotard，第xxiv页）[1]存疑，incredulity，有"难以置信"的意思，好像摇头有感而叹："怎么竟会这样？""存疑"的意思展开来解释就是：我们曾对启蒙的可能性寄予希望，如今仍然寄予希望，体系现代性以宏大叙述表述确实令人感觉宏大，可是对它的历史轨迹、后果、语言逻辑加以思考，又令人不得不存疑。

根据利奥塔这个简单明了的定义，尼采、陀思妥耶夫斯基、阿多

---

〔1〕 本书引用的汉语译文，除标明译者之外，均为本书作者所译。

诺、福柯等，都可以说是后现代思想家，他们对宏大叙述都表示过怀疑，都认为人类需要再启蒙。今天他们的思想已融入后现代思辨，成为其重要的组成部分，而在他们形成各自思想时，"后现代"这个概念还没有产生或者还不清晰。如对于后现代理论不可或缺的福柯，生前并没有用"后现代"来描述他的理论。

利奥塔的一声"存疑"，为这些思想家的声音添加了"后现代"这个新符号。

启蒙的思想丰富多彩，并非铁板一块。以启蒙的多样对照启蒙大一统的体系观（diversity 与 unity 之争），也是后现代思辨的特征之一。有后现代理论作者曾假设：如果现代哲学起源于蒙田，而不是笛卡尔，启蒙运动的面貌会迥然不同：启蒙思想会更灵活，更包容；理性不会排斥美学思维而是相互兼容；取代宗教世界观的，会是语言文学和政治学，而不是数学和物理学［理查德·罗蒂引用史蒂芬·图明（Stephen Toulmin），Rorty，第22—23页；卡里斯·拉塞夫斯基斯（Karlis Racevskis）引用让·斯塔罗宾斯基，Racevskis，第24页］。不妨继续假设：如果以蒙田为启蒙的代表人物，会多一些对话而少一些说教，多一些宽容而少一些大一统的高傲，启蒙会更贴近独立思考的初衷。

说启蒙是多样的，意味着"什么是启蒙"这个问题不能止于一种回答。真正的启蒙应随历史发展不断思考"什么是启蒙"这个问题。体系现代性只承认一种方式的启蒙、一种方式的"进步"，其体系就成了包袱和障碍。一言堂的启蒙终究大话压人，成了福柯所说的"启蒙的讹诈"（the blackmail of Enlightenment）。福柯说得好：不屈服于

"启蒙的讹诈",启蒙才能被继承［见福柯的《什么是启蒙？》(*What is Enlightenment？*)]。

福柯既置身于启蒙之中又超越启蒙局限(in and beyond Enlightenment),这种姿态对后现代思辨也是恰如其分的诠释。

3　启蒙的历史轨迹

许多历史事件是事后命名的,而"启蒙"却是19世纪一些有理想的欧洲人在当时给自己社会教育活动的命名。史家称18世纪为狭义的启蒙时期,主要指孟德斯鸠、伏尔泰、狄德罗、达朗贝尔、孔多塞等法国人的思想主张。他们中间许多人将自己的见解编进《百科全书》,所以有"百科全书派"之称。当然,18世纪的启蒙运动还必须包括"日内瓦公民"卢梭、德国人康德、美国人富兰克林等。启蒙反对愚昧、迷信、专制,直接指向宗教权威和世袭贵族秩序。资本经济的发展和科学革命的挑战已动摇旧秩序的存在基础,启蒙思想对法国革命的推波助澜就显得理所当然。不过,启蒙思想家中不少人不主张革命。法国革命前,有些启蒙思想家(如伏尔泰)对贵族进行启蒙教育,并以此为己任;法国革命爆发之后,又有人认为这场革命违背了启蒙的原则。直至今日,还有很多人认为,革命的暴力有违启蒙的理性精神。

如果说18世纪是启蒙现代性形成体系的时期,那么17世纪则是启蒙酝酿和产生的时期。17世纪,笛卡尔哲学看重"来自体系的

精神"（l'esprit de système），到了 18 世纪的法国启蒙哲学，就演变成
"体系化的精神"（ l'esprit systematique）；前者有数学逻辑的含义；
后者意味着工具理性扩展到人类各领域。18 世纪的欧洲人对建设一
个更美好社会的信心，来自 17 世纪科学革命和社会变革带来的成果，
来自文艺复兴对人的肯定。对 18 世纪的欧洲人来说，启蒙的导师是
牛顿、笛卡尔、帕斯卡、洛克和蒙田。

启蒙代表的现代历史潮流势不可当。在以天文、数学、物理为
先导的现代科学革命面前，宗教的世界观难以自圆其说。许多世纪以
来，上帝（以及教会）享有绝对权威，理由之一是上帝的眼睛可以看
见宇宙的一切。然而，现代科学使人的眼睛可以看见宇宙更大的规
模、更多的细节。达·芬奇论画如是说："宇宙种种的形体和色泽可
在人的眼睛里集中为一点。"如此的说法，已经把人摆在上帝的位置。

用人眼来探究世界奥秘的梦想，促发了天文望远镜和显微镜的
发明。17 世纪，数学家兼神学家帕斯卡在通过天文望远镜观看浩瀚
星空，见宇宙的规模远远超乎人类之前的想象，于是惊呼："我的上
帝啊！"这声惊呼，昭示着中世纪宗教世界观及其秩序失去了正当性。
有人开玩笑说：帕斯卡的惊呼，宣告了现代世界的诞生。

在此前的人类想象中，宇宙小而亲切，最大的模式也不过冥王
星的轨道直径那么大。地球被当作宇宙的中心，教会是地球中心说的
维护者。哥白尼等人对此提出质疑，但一直到 17 世纪，地球中心说
才被推翻。

刹那间，宇宙大了，人小了。

问题是，体现科学理性的人又以无限膨胀的骄傲，成为新的上帝。

尼采曾有一问："现代科学文化为什么没有古希腊悲剧文化的那种力量和伟大？"原因之一，是希腊悲剧时时提醒希腊人——人类要想站起来并变得伟大，先要老老实实承认人在自然界面前的微不足道。现代人类缺少这种自知之明，以为拥有了科学理性，便可以忘乎所以。

现代初期，人类视野还是很小，小到人类彼此之间并不了解。16世纪欧洲人到达美洲，看到当地文明时所表现出的惊讶不亚于帕斯卡第一次观察星空。欧洲人当时称美洲大陆为"新大陆"，显然不止好奇。随后，欧洲人就雄心勃勃地提出，征服新大陆是欧洲人的"神谕使命"（manifest desiny），也就是说，欧洲人认为上帝赋予自己特别的使命，向欧洲以外的新世界拓展文明，并视之为必然的进步。

我们知道，欧洲人的"神谕使命"不仅到达了美洲，也抵达了亚洲；不仅带来新知，也带来野蛮。欧洲的进步有欧洲人的智慧和努力，却也离不开他们向其他文明的学习借鉴。比如，欧洲人如果没有在中世纪抛弃罗马数字而采用阿拉伯数字，科学革命不可能发生，以后类似微积分的数学发明也不可能出现，现代社会的工业和经贸大发展也就会受到限制。但是一些欧洲人掠夺殖民地资源时对其文明表现出的傲慢又赋予了西方理性另一种含义。现代世界史清楚地记载，欧洲的扩张遍及世界各个角落，并在这个过程中把野蛮和启蒙的自相矛盾的特质，铭刻在西方人的"主体"意识之中。

4　启蒙的体系现代性

现代性在启蒙初期是个计划，后来才成体系。

美国哲学家罗蒂（Richard Rorty）对此另有见解：启蒙的计划（现代计划）不是一个，而是政治计划和哲学计划的合二而一。"'政治计划'旨在创造人间天堂，亦即一个没有等级、阶级或残忍的世界；'哲学计划'旨在找到一个新的、全面的世界观，以自然和理性（Nature and Reason）取代上帝。"（Rorty，第 19 页）罗蒂说：虽然政治计划屡遭挫折，进展缓慢，却并没有完全失败。而哲学计划（现代的思想价值）虽然被许多哲学家所拥戴，却一直在 20 世纪受到批评。

如何理解罗蒂的话？以历史眼光看，现代性政治计划在相当程度上是现代性哲学计划的实践，但政治计划不完全等同于哲学计划，因为政治计划还受到哲学以外的经济、历史等复杂因素的影响。这是一层意思；创造一个平等自由、没有残忍的世界，是人类深切持久的愿望，因为这个愿望没有错，会继续下去，所以政治计划也就不会完全失败。然而，支持现代化的哲学思想不会一成不变，现代性的政治计划久经磨难，会找到更恰当的哲学思想。这是第二层意思。

今天有一个争论：有人说，现代性结束了；又有人说，现代性尚未完成。罗蒂的话是个提醒：先搞清楚是哪一个现代计划。为厘清启蒙的现代思路和后现代之间的关系，我们先将重点放在现代性哲学计划以及由此演变成的体系上。

浅显地说，启蒙从自然科学的现代特征出发，构想出一套人文思想，进而形成体系。这个体系化的过程可归纳为以下几点：

经典的机械论（Classical Mechanics）和自然神论（Deism）为一体的科学观。根据这个科学观，宇宙被看作一部机器，遵循可预见的、客观的规律（predictable and objective laws）运行。上帝创造并启动了这部机器，但上帝好像不负责机器的日常运作。这其中的含义是：宇宙的秩序是理性的，上帝是理性的最高象征。那么，科学的作用是什么？科学通过实证的方法，发现自然界隐藏的规律和秩序，亦即上帝这个超级数学家的思路。牛顿是启蒙运动的第一科学家，也是这种机械论加自然神论的代表人物。英国诗人蒲柏用《创世记》的口吻，不无诙谐地概括了牛顿在当时的显赫地位：

> 自然和自然的规则隐藏在黑夜里，
> 神说：牛顿来吧！
> 于是一片光明。

因为牛顿代表科学理性，所以他几乎是新的上帝，像上帝创世那样挥手即是光明。当然，蒲柏这里是一半认真，一半幽默。牛顿即便能带来光，也是启蒙的理性之光。科学中的原子论和机械论相似。所谓原子论，是认为物质的原子受普遍规律主导，而这些规律的活动变化，可以由数学来表示。机械论或原子论的出现，是科学中调查和观念化方法的胜出。

经验主义（Empiricism）。经验主义是现代科学理性的另一特征。经验主义认为，人可以通过观察进入现象的实质。重复的观察和试验，可产生对未来自然事件的合理预测。经验主义一方面挑战了以往对权威的依赖，另一方面又造成新的神话："事实"的客观性在于，"事实"不含有价值观或人的解释的成分。尼采后来花了很大的精力揭示这种"事实"观的谬误，提出"事实"的呈现已经带有某种价值观。经验主义认为，"真理"的获得，是通过经验性的观察、理性的使用和系统的怀疑而实现的。

由上可见，现代科学意义上的知识（或真理），被认为是客观获得的，而不是产生于对自然和现象的解释。这种知识优于解释的观点，自苏格拉底和柏拉图以来就统领西方哲学思想，到启蒙时期被科学化了。启蒙的旗帜上写着：知识就是力量（Knowledge is power）。

然而从后现代的理论来看，完全客观的知识，不是幻觉就是烟雾。权力往往决定着知识的正当性、存在形式和分配。因此，"Knowledge is power"可做另一种解释："知识就是权力"。

人 + 科学 = 人的科学。现代思想体系几乎一念而成：用以理解自然的逻辑理性和机械方法也可用于对人类社会和人的生存的理解。凭此一念，人类生活似乎也可以完全被设计、被操纵（engineered and manipulated），如同自然可以被设计和操纵一样。凭此一念，自然科学的特征可以直接转换成人文科学的特征。当今人文科学的学科分类、研究方法、论证规则，无不带有这一烙印。

笛卡尔本来还说，除了有"意识"的人，世间其他生物都是机器。

话音未落，"人"的科学出现，"人"和人类社会也被作为机器来研究了。现代性一旦有了排斥人文思维的理由，现代人就成了浮士德，为了"知识"不惜将灵魂卖给魔鬼。机械论、经验论渗透到现代人文学科的方法、结构和趋势等各个层面，形成了两点令人不寒而栗的结论：

第一点，人如机器一样可臻完善（the perfectibility of man）。按照这个逻辑，机器的更新必然标志人的进步；人，通过受教育和理性功能的发展得以"完善"；人类社会则可以通过理性的使用可获得"完善"，因为人们可以运用理性，必须对进步抱乐观态度。这个观点在19 世纪的俄国，经由车尔尼雪夫斯基的《怎么办？》发展成为乌托邦理论，陀思妥耶夫斯基在《地下室手记》里对此逐条予以反驳（见本书第六章）。孔多塞大胆提议：由于人是可以达到尽善尽美的，所以不用多久，人类就可以战胜贫困、软弱、疾病，甚至死亡。讽刺的是，如此乐观的孔多塞，后来在法国革命中因悲观而自杀。

虽然启蒙带来了世俗化，其乌托邦特性却是另一种宗教信仰。贝克尔（Carl L. Becker）写过《启蒙时代哲学家的天城》（*Heaven City of the 18th Centry Philosophers*）。他说，法国启蒙哲学实际上是用"科学的神话"（a scientific myth）取代了"基督教的神话"（a Christian myth）。这两种神话的结构相似：启蒙哲学想象的自然状态，活脱是基督教的伊甸乐园；无限进步的观点，无异于天堂的世俗版。

第二点，主体（subject），即认知意义上的自我，在"人的科学"里被视为完全理性的主体。洛克所谓"人的思想生来是一张白纸"的说法，符合经验主义的思想，很有影响。但是，笛卡尔的先验之"我"

（ego cogito）才是启蒙的经典主体论。笛卡尔式的思想主体之"我"，据说可以从理性、客观、公正的立场观察世界和历史事件。这个自信自足（self-assured and self-sufficient）的"我"，自然是代表道德标准的人，又是居于历史和知识之中心的人。好一个完美的神话！

我们直观即可感觉到，"体系"在我们的现代生活经验中已经无所不在。体系现代性将知识、社会、主体、历史观都科学化了，"人"也被科学化了，成为现代版的"人本主义"（humanism）。当科学等于真理、科学等于秩序时，凡是"非秩序"的轻易就被视作不科学的、谬误的。如福柯所说，启蒙借宏大叙述之威，成为"启蒙的讹诈"。

现代体系当然有积极的一面，科学和理性也仍然具有正面的意义。问题是，现代体系的负面在很长时间内没有引起足够的重视和讨论，而现代人从历史和现实经验中，又都感觉到科学和理性的问题之多，多得挥之不去。

之所以挥之不去，是因为不太容易讲得清楚。后现代理论的错综复杂，正在于此。虽然不容易，还是讲得清楚。

先思考一下机械论和经验主义最明显的局限性。

机械论将自然看作可任意设计和操纵的机器，是让一种隐喻囚禁了我们的自然观。将自然视为母亲是一种更常见的隐喻，暗示人类在生存和情感上对自然的依赖。机械自然观的直接后果，是结束了作为"自然母亲"的自然观。"人"忘记了自己的卑微，他的理性优越感就会膨胀，反而成了最大的无知。此外，人将自己乃至人类社会各领域看作机器，依此进行的社会改造，会不会产生有违人性的后果？

经验主义有什么问题？人类从来看重经验，但是经验主义把事实和价值切割（或者说，把知识和解释切割），提倡所谓"不受理论左右的事实"（theory-free facts）却是现代的现象。以培根为例，他曾主张，只有采取极为严格的方法，才能遏制人在理解时将观察和理论融为一体的天性。为什么要遏制这种天性？能遏制得了吗？

号称相信试验的笛卡尔，其实只相信他自己设计并监督的试验。他说，别人的试验会按照他们自己的原则来设计结果。也就是说，笛卡尔只相信他的主观自我具有客观性。

科学理性渗透到社会政治的细胞里，"不受理论左右的事实"在掌握了理性话语的人手里，变成其"真理"的合法外衣，结果是"事实的专制"（tyranny of facts）。

尼采重新将价值观、解释、欲念、力的态势等元素引入理性思维，打破"理性唯一"的神话，将事实和视角的价值重新关联起来。这种变换视角的思辨给了后现代理论一个坚实的着力点。

5　其他启蒙思想

上述哲学体系是启蒙的体系现代性，但不是启蒙思想的全部。启蒙运动中的其他一些想法，或对体系予以补充，或予以纠正，成为非体系的启蒙思想，对如何思辨体系现代性颇有启迪。

读蒙田的散文，见他经常重复一句话："我们能知道什么？"意思是，我们所知有限。这轻轻一问，诠释了启蒙的主体应有的高贵，也暗讽体系现代性对知识不该有的高傲。蒙田的散文，娓娓道来，是亲近人性的启蒙。

卢梭是启蒙运动的先锋人物。他有体系的那一面，对聒噪一时的"进步说"却不以为然。卢梭反对人类社会像机器一样被任意设计和操纵。卢梭认为，人的天性崇尚自由，人性的一半需要文明的崇高，另一半需要野性的自由。文明社会所需要的，不是持续不断加强其秩序，而是要有符合人性的空间。所谓"社会契约"说，旨在使文明制度符合人性。卢梭十分蔑视针对体系现代性对"进步"表现的乐观和欧洲人的优越感。例如，根据孔多塞的展望，人类未来的进步，是全世界能像法、英、美那样实现现代文明，从而摆脱"君主制的奴役、非洲部落的野蛮、野蛮人的无知"（Condorcet，第 27 页）。这幅"进步"的图景为以后用现代机器和武器实施欧洲式"进步"植下的合理性，却结出一些野蛮的果实。卢梭对孔多塞的"进步观"颇不以为然。在卢梭眼里，欧洲不是绝对的文明典范，因为欧洲的历史是野蛮和文明共存的历史。卢梭还认为，说欧洲人可以凭理性之光与群星争辉，自大得实在可笑。卢梭的启蒙，是不失自省的启蒙。

将康德同 18 世纪法国启蒙思想并列起来研读，也会有斩获。当法国启蒙思想家通过编纂《百科全书》形成体系现代性思想时，柏林的启蒙在以对话和问答的方式进行。一家期刊社提出问题：什么是启蒙？在投稿作答的人当中就有康德。1784 年，康德在他的短文中说，人，要从自己造成的被监护状态（self-incurred tutelage）中解放出来，才能进入成熟。

被人监护（以别人的见解为己见）通常不是因为缺少理性，而是缺乏独立运用理性的决心和勇气。康德引用贺拉斯的话说："敢于去知道（Sapere aude）！"接下来，康德说："要有勇气运用你自己的理性！这就是启蒙的警句。"（Kant，第1—7页）康德认为，个人要敢于公开地、以学者的方式表明自己对事物的理解，社会应保护这种自由，这就是启蒙。

在当代对启蒙的讨论中，康德的这段话依然受到重视。康德给了启蒙一个新鲜的喻说——语言表达（speech）；他的想法是以对话来建造理性。康德因此把启蒙和言论自由、民主社会紧密联系起来。以康德的标准来衡量人类社会的成熟与否，比较合情合理。

牛顿和莱布尼茨在相互独立的情况下，几乎同时发明了微积分。莱布尼茨的微积分符号因为更优雅些，被更广泛使用。形成思想体系的启蒙，在尊奉牛顿为"科学"典范的同时，把莱布尼茨当作体系外的科学家。莱布尼茨的主要贡献是他富有想象的"单子理论"（monadology），这个理论长期不受重视。但是，有些历史学家却看重莱布尼茨所代表的另类思想。卡西尔（Ernst Cassier）所著的《启蒙的哲学》，就把莱布尼茨（而不是牛顿）奉为启蒙运动中最重要的科学家。莱布尼茨的"单子理论"代表的哲学含义是，时空中的万物各自完全不同，且相互关联，绵绵不断。试想，现代科学模式如果不是牛顿的，而是莱布尼茨或爱因斯坦的，那又会形成怎样的启蒙？

第二章

启蒙（下）

后现代的思辨

6　光明和阴影的比喻

艺术现代性或曰美学现代性（aesthetic/artistic modernity），针对现代化和现代体系的提问和探索，视角多变，策略灵活，在复调的现代性中充当对位现代性。

诚然，对于美学现代性（以现代主义文学艺术为表现）和后现代的关系，学术界有两种不同的看法。利奥塔的理论把后现代同现代文学艺术中的灼见联系起来；而詹姆逊则将现代文学传统和后现代截然分割，相互对立，使人误认为后现代是 20 世纪后半期突然浮现的思潮。相比之下，利奥塔的说法更有历史连贯感。本书的观点倾向于利奥塔。

从文学阅读中可以体悟，美学判断除了非功利的特质，还将理性、想象、直观、欲念融为一体，形成更为成熟的判断，因而不同于以理性为唯一特征的体系现代性。没有 20 世纪之前现代经典文学的美学积累，我们未必能明辨现代体系的问题所在，也就没有直逼要害的眼力。从这一章起，我们将引入 19 世纪欧洲经典文学的实例对现代性的思辨。

启蒙时代欧洲社会从君主贵族秩序向现代民主秩序迅速演变。启蒙的自信乐观，有社会变革的成果为其背书。在莫扎特的歌剧《费加罗的婚礼》〔博马舍（Beaumarchais）〕剧本里，男仆费加罗为了爱情和贵族老板力争，敢于蔑视其贵族血统论："贵族、财富、阶级、官位，这些竟使一个人傲慢！你为得到这些付出了什么？不过是花了工夫让自己生了下来——如此而已。"还有司汤达笔下那个可爱的于连，在他清醒的时候（因为他有糊涂的时候），也是如此理直气壮，敢于为平民式的高贵辩护。

当时历史的精神气质，激情洋溢，梦想联翩。英文 Enlightenment（启蒙）一词含有 light（光明）这个词素；启蒙的希望被比作光明战胜黑暗（light over darkness）的喻说，在当时顺理成章。达朗贝尔曾说，18 世纪是"光明四射的时代"（l'age des lumières）。

莫扎特的歌剧《魔笛》〔歌词作者希卡内德（Emmanuel Schikaneder）〕以"光明"比喻启蒙式乐观之意非常明显。第一场的正面场景是"智慧神殿"（Temple of Wisdom），两侧分别是"理性神殿"（Temple of Reason）和"自然神殿"（Temple of Nature）。"世俗化的祭司们"（secular priests，启蒙时期的奇妙说法）齐唱"阳光驱走黑夜。快了，高尚的年轻人就会感觉到新生活。快了，他将全心全意奉献于我们的秩序"。第二场，祭司们在"太阳神殿"（Temple of the Sun）上宣告，光明已经战胜了"黑夜女皇"。

欧洲历史向前再走一步，人们看到光明和阴影并存的现实，并渐渐明白：以排斥悲观的方式维持乐观，若不是浪漫到幼稚的地步，就是伪善成了假圣人。

福楼拜《包法利夫人》之深刻，正在于它指出，在布尔乔亚的庸俗和伪善面前，浪漫不仅盲目，甚至致命。如果爱玛的丈夫查理是庸俗的代表，那么，药剂师郝麦便是伪善的化身。"郝麦"（Homais）在法语里有"人"（homme）的意思。什么样的"人"？——"新人"，19世纪用启蒙话语包装自己的"人"。

查理无能但不失憨厚，郝麦无能却有诡辩的利齿，满口的科学、进步、法兰西爱国主义。郝麦是药剂师，却以医学权威自居；为显示自己的现代、科学、进步，他纵容无能的查理给马夫伊包里特做手术，把人家本来尚有功能的瘸腿拉直，导致病人被截肢。手术刚做完，成败还是未知数，郝麦已为当地报纸撰写了新闻稿。郝麦的文字披上启蒙"宏大叙述"的外衣，把无耻变成了光荣。请看这个令人啼笑皆非的片段："偏见虽然像一张网，覆盖欧洲大部分的土地，光明却开始深入我们的乡村。就在星期二，在我们永镇这小地方，居然进行了一次外科手术，它同时也是最崇高的慈善活动……以往迷信赐予少数几人的事，今天科学能为所有的人做到了。"（Flaubert，第144—145页）。

福楼拜的美学判断一丝不苟，他把郝麦"光明"之说的荒诞滑稽撕开了给我们看。小说情节还告诉我们：正是此种人在现实生活中仕途通达；郝麦无能而且残忍，凭着他对宏大叙述的熟练掌握，终于成了永镇的头面人物。小说的最后一句话是：郝麦刚刚获得十字勋章。

郝麦得到光明了，永镇却暗无天日。进一步的寓意：启蒙理性一旦被工具化，又被郝麦这样的人所用，启蒙之光何在？

与福楼拜同时代的波德莱尔，充满理想的激情，但是现实使他忧郁，忧郁成为他表现理想的诗形式。波德莱尔目睹的巴黎现代化，也是在"进步"的话语下展开的。拿破仑三世和奥斯曼为了镇压巴黎市民革命、驱赶穷人等政治目的，拆毁巴黎的公民社区，以建造大型广场、宽而直的大道，结果导致大量城市贫民流离失所。巴黎现代化的"进步"，在城市贫民的眼睛里黯淡了，那样一直黯淡下来的眼神，就是波德莱尔忧郁的诗境。

波德莱尔的现代诗，不盲从现代体系。他的诗说明，美学现代性和体系现代性之间存在着张力。

在波德莱尔看来，人性必有缺陷，不可能尽善尽美。这个看法与启蒙的人性可臻完善之说背道而驰。波德莱尔的诗眼，直视现代社会之"恶"、人性之"恶"，由此引起的忧郁，表达的是对理想的向往。波德莱尔的诗已成为美学现代性的一个范式。

尼采觉得，"光明"和"阴影"是一对不可分的比喻，因此写出"流浪人和他的影子"的对话，将启蒙的问题解释得深入而浅出。这是《人性的，太人性的》的第二部分。"流浪人"对"影子"说："你知道，我爱阴影像我爱光明一样。如果要有漂亮的脸庞、清晰的言辞、博大的爱、坚强的性格，阴影和光明是一样必需的。他们不是敌人，相反，他们手拉手亲密地站在一起。当光明消失时，影子也随之溜走。""影子"的回答自然而贴切："我和你恨同样的东西：黑夜。我爱人类，因为他们是光明的信徒；我爱他们发现和获得知识时眼睛里闪烁的光……但知识的阳光照下来造成阴影，我也是那阴影。"（*Human*，第301页）

"光明"和"阴影"不可分的比喻，恰如其分地说明：启蒙的现代性不可能只有光明。然而，在现代化的过程中，"光明"对它的"影子"通常不屑一顾，甚至矢口否认。

陀思妥耶夫斯基也认为，"光明"不能没有"影子"。《地下室手记》里的地下人，是个影子一样的人物，他在地下室写给代表"光明"的"先生们"的一番话，是对启蒙思想最深刻的反思。地下人思辨能力很强，但他身处19世纪彼得堡社会的底层，社会生活的话语被"先生们"掌握着。他是小人物，有小人物的复杂心理，却也善用文字的机巧来击中对手的要害。小说中的"先生们"指当时《怎么办？》的作者车尔尼雪夫斯基，以及与其观点相似的人，他们的乌托邦理论，后来付诸社会实践出现种种问题，证明了陀思妥耶夫斯基的先见之明。此外，陀思妥耶夫斯基放弃了以论文的形式论争，而将观点写成小说，将对话、心理、理性融为一体，是美学判断的又一经典范例。

车尔尼雪夫斯基的乌托邦，是欧洲的体系现代性渗入19世纪俄国文化后生出的怪胎。在《怎么办？》中，车尔尼雪夫斯基这样设想未来的美好社会：科技使俄国的草原成为可耕地，城市里竖立起玻璃和钢筋的"水晶宫"（玻璃和钢筋在19世纪是现代的象征），电力的秘密被人类揭开（时值1864年）。这个社会的目标，还包括人人有工作、物质极大丰富、男女平等、艺术发展。这个完美社会的关键是：其成员必须是乐观而理性的男女，能为共同的利益而奋斗。这个乌托邦的理论基础，同我们在第一章叙述的现代体系相似，都由两部分组成：以科学为标准的"自然规律"，反映这些规律的"人性"。

所谓"自然规律"，就是机械论的那些假设：宇宙是一部机器，遵循可预见的"客观"规律；人发现规律，将规律用于实践，全面改造社会。在这个看似合理的公式中，关键的变数是人。车尔尼雪夫斯基认为：人性和科学理性完全一致。他借用英国功利哲学支持这样的人性观：人这种动物，完全由"愉快"和"痛苦"决定其动机。凡带给人"愉快"的，就是"善"，必定为人所追求；凡给予人"痛苦"的，就是"恶"，必定为人所憎恶。以此推理：人如果痛苦，只能归罪于理性不够，知识不足；"理性"的人出于自己利益的考虑，必然会献身共同的集体利益；人如果完全理性，必然会认识到：共同的利益**必然**符合个人的利益。

一个关于人的公式产生了：快乐的人是理性、合乎自然规律的人；快乐的人必然懂得：共同利益必然符合个人利益；痛苦的人是不懂自然规律的人，是不理性的人。在西方思想史上，"痛苦来自无知"这个公式可追溯到苏格拉底。尼采一直刨到这个根，他在《悲剧的诞生》里特意提及苏格拉底的这个公式："美德就是知识；人有罪出自无知；有美德的人是幸福的。"（*Birth*，第91页）

　　与"先生们"的"光明"相比，地下人的存在只是影子；影子想去跟"先生们"对话，人家不理不睬，所以他有时要说反话："我是病人……我极端迷信，这么说吧，迷信到了尊重医学的程度。"（Dostoevsky，第 3 页）

　　善修辞思维的地下人，以不同的比喻逐条反驳"先生们"的理论。他说："论信心和力量，'先生们'气壮如牛，好比闯进房里的牛。我呢，只是只老鼠。四面墙壁是'自然规律'，牛在墙壁面前止步，老鼠顺着墙角走。用哪一种方法应对自然规律更好呢？"又一个比喻：你们说人痛苦的原因是不知道自然规律？那么，想一想牙疼这件属于自然规律的事。然后，"请听听 19 世纪受了教育的人在牙疼时是怎样呻吟的"（Dostoevsky，第 13 页）。

　　先生们说，建造理性的体系可以带来幸福和进步。是吗？"人对体系和抽象推论的热衷，反而随心所欲地歪曲真相，为证明自己的逻辑随时否定眼所见耳所闻……看看你们周围的世界吧，血流成了河，人们居然兴高采烈，好像血是香槟酒似的。"（Dostoevsky，第 21 页）拿破仑叔侄是如此，欧洲对北美洲的征服也是如此。

　　地下人并非否定理性，他这样看人性："您看，先生，理性嘛，是件很好的事，何须争论。但理性只是理性，只能满足人的理性功能，而意志却是整个生命的表现，也就是说，是人的一切生命，包含了理性及其他的冲动。"（Dostoevsky，第 25 页）

　　地下人的论辩可以归为一点："先生们"的话语崇高又宏大，对人性的理解却严重不足。

7　针对体系现代性的思辨

不错，后现代理论是20世纪60年代之后出现的。不过它的价值不在它如何新，如何时尚，而在于它经由历史积累而成熟的思辨特征。它对当代历史的关注，建立在对整个西方思想史做谱系式思考的基础之上。后现代看似顿悟，却是历史的渐悟。

后现代不事体系，质疑"体系化的精神"（esprit systematique），认为凡成为体系的思维，就脱离了变化（becoming）而僵固。借用德里达的用语，后现代是"延异"（la différance）式的思维，纵向可进入某个"真理"出现的历史片刻，横向可梳理其历史轨迹。比如，现代体系可以和柏拉图以降的传统联系起来分析。后现代和其他"后"学理论（如解构主义、后殖民主义、女性主义等）的相互联系，正在于此。

启蒙以来的体系现代性，以其特有的理性观、主体观、知识（或真理）观构成关于"人"的科学体系。简·福莱克斯（Jane Flax）把这个体系归纳为一个清单，和第一章中对体系现代性的综述大致相同，但更为详尽。请看这个清单：

1. 存在着一个稳定、逻辑完整的自我（又称"主体"）。这个启蒙自我的明显特质包括一个理性形式，足以洞察其本身的过程和"自然法则"。

2. 理性及其"科学"，即哲学，可为知识提供一个客观、可靠、具有普遍性的基础。

3. 通过正确使用理性获得的知识具有"真理性"——例如，这样的知识可再现我们头脑和自然世界的结构之真实和不变（普遍性）。

4. 理性本身具有超验性和普遍性。理性独立于自我的有前提的存在（the self's contingent existence）而存在（例如，身体的、历史的、社会的经验不会影响理性的结构以及理性产生非时间性知识的能力）。

5. 理性、自主、自由之间的关联复杂。一切对真理和合法权威的主张必须提交理性之法庭。自由包括服从，亦即，必须服从与正确使用理性产生的结果相一致的法则（对于我这个理性的人是正确的规则，对于所有其他理性的人也必然是正确的）。服从这样的法则，我也服从了我自己超历史的那一部分（理性），我据此实施我的自主，认可我是一个自由个体的存在。

6. 将权威之主张立于理性，那么真理、知识和权力之间的冲突就可以克服，真理即可不歪曲地服务于权力；继而，使用知识以服务于权力，自由和进步都可以得到保障。知识得以中立（例如，置于普遍理性，而不是特定的"利益"之口），并且有益于社会。

7. 科学，作为正确使用理性的典范，也是一切真正知识的范式。科学在方法和内容上是中立的，在结果上是有益于社会的。通过科学的发现过程，我们可以利用自然法则达到有益于社会的目的。但是，为了使科学进步，科学家必须自由地遵循理性的规则，而不是逢迎理性话语之外产生的利益。

8. 语言在某种意义上是透明的。正如正确使用理性可产生再现真实的知识，同样，语言只不过是这种再现发生的媒介而已。文字和事物之间是对应的（correspondence）（正如正确的真理主张和真实是对应的）。客体并不是由语言（或社会）组成的；它们只是通过命名和正确使用语言呈现在意识里。（Flax，第 41—42 页）

这个清单归纳了体系现代性，亦即哲学意义上的现代体系。清单是以体系本身的术语和逻辑重述的，初读不易懂，不妨略作简化，再加分析。

这个体系以理性传统为基础。理性传统的问题不在于它主张理性，而在于它实际上是个"理性优先、理性唯一"的传统。"理性优先"表现在"一切对真理和合法权威的主张必须提交理性之法庭"，而且这个理性据称有客观性、普遍性和绝对真理的权威。"理性唯一"在于它排斥了人性中的欲望、直觉、无意识、想象、意志等，视所有这些为"非理性"。这一点在清单的叙述中并不明显，但可以溯源到苏格拉底和柏拉图，我们在本书"尼采篇"将更详细地分析，在其他章节也会提到。

以"理性优先、理性唯一"为基础的现代体系，由科学、真理、自我（主体）、知识等语义相关的关键词构成，并以此作为自由、进步、社会福利的保障。现代体系还包括了一个语言观，即认为语言是透明媒介，因此文字对应着真实。这个语言观和20世纪的语言观（如符号学、认知语言学及相应的喻说理论）大相径庭。

现代体系由这些中心词（及概念）形成宏大叙述。本文前面引用过利奥塔的话：宏大叙述因此成为一种高度统一（supremely unifying）的叙述。

现在我们来推演一下宏大叙述（体系现代性）的逻辑：

既然理性是唯一的客观形式，"理性人"的自我（主体）所产生的知识必然有真理性；科学就是这样的真理性知识，可以再现头脑结构和自然世界的真实，因而是客观和普遍的。

科学出自理性，是知识和真理的典范。科学客观中立，科学家通过理性产生知识，不会为权力和利益所动；因此，科学产生的知识和真理，可确保社会进步。

理性成为法理和道德意义上的最终之善，而且是善的最终裁判。如果法则、规则符合通过理性发现的知识，服从这些法则就是自由。鉴于人的身体、社会、历史经验必须服从超历史的理性，人必须服从理性产生的法则；而理性的语言则是透明的，其唯一功能是表达理性头脑所观察到的真实世界；文字和所表达的物体之间的关系，是牢固和客观的。

即便是这样的简化和推演，也不易让人识别出现代体系的问题。批评这个体系，需要像福柯说的那样，不惧"启蒙的讹诈"，还需要借助新的理论进行细致的思辨。

这个体系把"理性"视为人性的全部，当作知识和真理的来源，是一种人类中心认识论。如此的理性是人的膨胀，更是欧洲中心（以后还有其他的"某某中心"式）的人的膨胀。因为膨胀，它自视为光明，普照天下，也容不得阴影，认为以此建造的秩序是合理的，凡与之不符的，被视为非理性、非科学。这个体系不仅被用于对自然的认知，也被用于依此设计的社会制度，不仅是资本主义社会，还有社会主义的实践。

批评现代体系的声音和策略虽然各异，却有若干共识。

共识之一：语言不是透明的媒介。根据当代的语言观，首先，语言是喻说性的，传统和历史形成许多通行的喻说——理性、客观、民主、进步等词语都是喻说；其次，语言是表意过程，在此过程中，字与语义之间的关系是相对的、变化的，并没有固定的所谓对应；"能指"（signifier）与"所指"（signified）的关系不是固定的；一个字在句子和语境中有特定的意义；句又和句相连，形成更复杂的表意链，意义在其中不断变化。用"透明"的语言观支撑体系的"宏大叙述"太不可靠。

共识之二：现代体系看似高度统一，其实是采用了"同义重复"（tautology）的修辞术。它先把理性、主体、知识（真理）、客观、科学这些词语设为褒义的（解构主义的说法是"在场"）同义词，那么之后，说知识是理性的、主体是客观的，科学客观中立，掌握科学知识的人也掌握真理等，听起来就言之有理了。福莱克斯列举的清单，正是"同义重复"的实例。

明白了现代体系的"同义重复"修辞术，便易于理解体系的批评者为什么有时将批评重点放在理性观上，有时放在主体、知识、真理观上，有时则剖析科学或人本主义的具体内涵。无论切入点在哪里，这些批评针对的是"高度统一"的神话。后现代理论，以谱系的、具体的策略来解构宏大叙述，以差异的表述质疑普世的价值。下面我们将分理性、主体、知识三个标题，简述后现代针对体系现代性的部分思辨策略。

8 对理性的思辨

为什么欧洲社会普遍受过理性主义的洗礼，仍然会产生法西斯和大屠杀？为什么理性的光明会走向理性的黑夜？ 1945 年，第二次世界大战结束时，霍克海默和阿多诺合著《启蒙的辩证法》，提出了这些问题。他们说，写书的目的是"拯救（启蒙）的希望"（*Dialectic*，第 xv 页）。"启蒙一向的目的，是将人们从恐怖中解放出来，并建构他们的自主性。然而，在经过充分启蒙的（欧洲）土地上，灾难却发出胜利之光。"（*Dialectic*，第 3 页）霍克海默和阿多诺认为，启蒙运动本身"已包含了今天处处可见的倒退的种子。"（*Dialectic*，第 xiii 页）

这自毁的种子，就是启蒙运动形成的"（优先并唯一的）理性易于变成绝对"的思想，导致绝对错与对的判断。绝对的思想，不仅同保障民主自由的多元化价值相去太远，再退一步，就是不宽容，甚至暴力。暴力和理性联姻，在现代史上生出的罪恶，罄竹难书。

霍克海默提出，理性有两种层面。一种是人文理性，旨在创造和确立人类精神价值；另一种是工具理性，计算、规范，以度量、厘定世界。

和绝对真理结为一体的理性成为工具理性。我们从启蒙思想体系化的过程得知，机械论的哲学基础优先支持的是工具理性，把人文作为机械附加物。当人文理性被扭曲，工具理性占上风时，人文关怀越来越少，偶尔有一点"关怀"随风而来，已是邻家一阵阵的焦锅味儿。

理性主义在现代的集大成者黑格尔也曾担心：理性一旦工具化，可能为任何掌握权力的人所用，甚至成为断头台（guillotine）那样的机械。此后，卡夫卡写了《在流放地》，用现代警世恒言呈现了这种可怖的工具。理性能演变为这样的工具，是17、18世纪用机械论构想理性和进步的启蒙思想家无法想象的。黑格尔看到法国革命的血腥暴力之后，曾设想建立"公民社会"作为避免理性工具化的方法，这同康德将启蒙落实为公民教育和权利的想法十分相近。

霍克海默汲取了海德格尔对理性的思考，发现理性工具化同现代科技分不开，也就是说，科学理性和工具理性几乎同义。

将有机的知识分类分工分家，是现代科学的特征。科学家如果只是按照他的职业分工的角色说话，不会考虑与人类生存相关的哲学问题，也会把宗教问题排斥在外。如果他就哲学问题发表意见，他已经转换了身份，不是作为科学家在发言。

把现代科技的精细分工用于精神领域的分工，危害了独立思考，使思辨能力萎缩。"进步有一个趋势，就是它把应该实现和展开的那些思想摧毁了"（Horkheimer，第359页）。海德格尔有句名言，至今墨迹未干："我们只有深切体悟到，许多世纪以来作为主人的理性其实是思想最顽固的敌人，思想才可能开始。"（Sluga引用，第53页）

海德格尔说，理性处优先地位（"作为主人"）是柏拉图以来的西方传统。由于这种传统，理性在每一个时代的体系，其实是公众的共识，是成为常识的真理。这种理性，往往把不符合常识的思想视为"非理性"，把真正的思想家视为"疯子"。

海德格尔的话，让人想起尼采讲的一个故事。清晨，一个"疯子"提着灯笼到市场上找上帝。他说："上帝死了，你们知道吗？"市场上的人听不懂他的话，说他是疯子。

尼采为什么让一个"疯子"大清早打灯笼去市场呢？难道早上没有足够的光明？清晨的阳光下，是不是还有没被照亮的人？说过类似疯话的，还有果戈理、鲁迅、福柯等人。福柯有一个主题：文明用理性制造"疯人"，而"疯人"的思想是那个时代应该听而偏偏不听的"理性"，是逆那个时代的理性而行的理性。

9 对主体的思辨

笛卡尔的主体论是体系现代性的主体论。舒尔斯（Peter A. Schouls）

说："笛卡尔的《沉思录》之后，现代哲学就成了主体哲学（a philosophy of the subject）。作为确定性和真理的属地，主体是首要原则，一切由此而生，一切归结于此。"（Schouls，第45页）笛卡尔之后的哲学认为，西方"人"可以在他的"本质"（essence）中找到他的知识的真理性。

请注意，这个"人"（主体）看似人类学的概念，其实是体系话语的一个中心词。如前所述，根据体系的"同义重复"修辞法，此"人"是理性、科学乃至真理的化身。引用此"主体"，是为了让某些价值理性化、自然化。

这种"主体"也为自诩正义化身者提供了依据。存在主义哲学就直攻"主体"的这种"本质"，认为所谓"本质"是对生存的多样性和复杂性的否定。以后，许多人又从反种族主义、反殖民主义、反霸权、女性主义等角度，揭露这种"主体"的虚伪。

心理分析（psychoanalysis）是解构笛卡尔"主体"的另一利器。心理分析告诉我们，"我"是一个生存在历史、语言、文化中多层次的动态主体。"我们对于我们自己是陌生的"——心理分析这一灼见，说明真正的启蒙要从自知之明做起。

从心理分析角度看，视"我"为现代哲学体系的"主体"，非但不能自主，且已然被体系囚禁。拉康持这种看法，他认为：心理分析在无意识中发现的是整个语言的结构。人们在各自文化和教育环境熏陶之下，逐渐接受了习惯性概念［实际是喻说（metaphor）—概念］及其联结规则，融入记忆。一种语言中的常态语义，是这种记忆所致，这就是无意识的内容。所以，拉康认为：自我首先是一个"说话主体"（speaking subject），亦即使用某文化语言的主体。说话主体的思想，首先被他所依赖的语言体系所决定。"我"如果明白两件事，就有可能更为自由：其一，明白生活在一种文化语言中，自我已经被这种语言建构。其二，明白个人的欲望与建构自我的文化语言在哪些方面发生着冲突，进而学会从控制他思维的传统化喻说中解脱。

语言的整个结构由习惯性的喻说—概念胶合在一起，说话主体如果完全按照这些习惯化的喻说思维，还只是"语言的奴隶"。拉康认为，无意识以其语言结构制约着自我欲望。"我"在无意识（文化语言的结构）里思考，而无意识并非是"我"真正的思考。于是，就有两个"我"存在。准确地说，不是两个"我"而是有两个"他者"（others）在无意里并存。拉康把文化语言所架构的那个无意识称为"Other"，即大写的"他"；把个人的欲念称作"other"，即小写的"他"。小写的"他"（有欲念的我）为摆脱禁锢，需要用新的喻说取代已被习惯化的喻说。

根据这个论辩，拉康对笛卡尔的名言认真玩笑了一番。笛卡尔说："我思故我在。"（I think, therefore, I am.）拉康反唇相讥："我在我不存在之处思维，故而我在我不思维之处存在。（I think where I am not，therefore I am where I do not think.）"（Lacan，第 1058 页）。"我不存在之处"（where I am not）是大写"他"的领域，在那里思维实际上不是自主的思维。

克里斯蒂娃采取了一个略为不同的角度。她将作为体系中心的

"主体"，同西方自古以来的宗教、性别、民族传统中各种排他倾向联系起来思考，发现人们对"异类"（或"他者"）心生恐惧，原因往往不在"异类"，而在于自己心理历史的某些早期的片刻。

自以为是的"主体"是病态的，自以为是的民族"主体"也是病态的。前者患乎一人，后者患乎一个民族。

克里斯蒂娃说，健康的"主体"，向"异类"和"异域"文化敞开心胸。启蒙时代的孟德斯鸠曾说："如果我知道一件事对我有利而对我家人有害，我会从心里拒绝它。如果我知道一件事对我家人有利而对我祖国不利，我会设法忘掉它。如果我知道一件事对我祖国有利而对欧洲有害，或者说对欧洲有利而对人类有害，我会认定它是犯罪。"（Kristeva 引用，第130页）孟德斯鸠或蒙田所代表的启蒙，常被人淡忘，因为他们的观点与人们更习惯的思想时常相左。

10 对知识的思辨

受过教育的人都知道培根的一句话："知识就是力量。"这也是宏大叙述的一个口号，言下之意：知识必然科学、客观，代表了真理、公正和自然规律；因此科学知识是人类解放的保障。

在更高的思辨层次上，这样的"知识"观还不是真正的启蒙。利奥塔说："这种叙述若针对的是小学教育的政策，而不是大学和高中，倒是可以理解的。"（Lyotard，第31页）

要回答什么是知识，首先要问：什么样的知识？这样问引发的是对知识更细致的思考：知识并不是中立和客观的；知识可以由不同的叙述形式产生和传播；知识的正当性、科学性，是一个立法过程；知识的产生、组织、传播，要依靠一定的权力形式。

利奥塔根据知识的不同状况，对前现代、现代和后现代加以区别。

前现代的知识，通常以直线叙述，不一定是对事实的记载，往往是宗教和神话故事，旨在传播固定的社会关系准则。这些叙述的正当性，在于其服务社会的功能。

现代意义上的知识，轻叙述性而重科学性。科学和社会关系之间本无联系纽带，于是就需要科学这样一个外在物获得正当性，于是有了宏大叙述（Grand narrative）。宏大叙述根据机械论和经验论，以高度统一的语言，大胆构想社会进步；反过来，现代科学又借用宏大叙述里的词句使自身正当。因此，利奥塔用"现代"一词指"任何借用宏大话语使之正当的科学（知识）"（Lyotard，第 105 页）。

利奥塔注意到，现代科学借宏大叙述获得正当性，却又因此损坏了它的正当性。科学本身需要验证，需要证据，但是它所借用的宏大叙述用无须验证的叙述建构主体，这就使科学陷入内在矛盾。

经典的科学结构，按百科全书方式将知识分门别类。而科技的发展，导致经典的学科分类模糊、重叠甚至消失。信息革命结束了现代意义上的知识概念。科学知识的正当性所发生的这些危机，形成了后现代的知识状况。

叙述的方法和形式，时常透露出知识和权力之间的关系。许多理论家，例如海登·怀特，（Hayden White），通过研究修辞和叙述形式来了解历史知识里的不同意图。

福柯关心的一件事是，知识可成为压迫性权力的来源。"知识就是力量"（Knowledge is power）在福柯处可做新解：power 有两个意思——一是"力量"，另一个是"权力"。福柯的部分思辨策略指向"知识"的另一面："知识是（压迫性）权力。"

有一个故事形象地诠释了福柯的观点。启蒙理性在 19 世纪结出英国"功利主义哲学"之果，边沁是其代表人物。这位理性主义者，设想用现代化取代中世纪式的黑暗牢房，提出一个光明无比的主意，叫"圆形监狱"（Panopticon）。在这种现代监狱里，所有的牢房都有两面采光的玻璃墙，这些多层楼的牢房围成圆形，圆形中央是一座监控塔。监狱管理人员可以透过四面的玻璃，看见充满阳光的牢房里囚犯的一切活动。有了这样的设计，塔里的监控人对囚犯就拥有更多的"知识"和更大的权力。

用"圆形监狱"这个贴切的隐喻，福柯说明政治权力如何以理性和科学为名义，扩大它对他者的监控权力。在这个喻说中，透明玻璃就是用以实施压迫权力的知识，是代表权力的知识话语（knowledge-discourse）。这种知识话语越多，越普及，压迫性权力就越大。福柯在《性的历史》中说，因为（压迫性）权力以知识话语的形式存在，权力无处不在。权力不仅自上而下，而且由下而上；不仅是有意识的，还是无意识的。权力形成的体系，就像"圆形监狱"全视角的玻璃。福柯关于知识话语和权力的理论，也是对理性工具化的批评。

11　启蒙的继续

什么是启蒙？这一问题，同时引出"现代性"和"后现代性"。针对启蒙现代性的后现代思辨（另一种的现代性），迫使思维跨越固有疆界，进入反对绝对思维的探讨。后现代不事体系，并非拒绝秩序，而是不忘在变化中时刻孕育着新知新解。

什么是启蒙？这不是个问一次一劳永逸的问题。如果启蒙是人类精神的悟知，启蒙就要一直继续。每一时期的启蒙都有其局限，所以，什么是启蒙这个问题需要重复地提出，以适应变化。18世纪，当启蒙思想归纳为体系之时，康德回答了柏林某期刊社提出的"什么是启蒙？"这个问题。康德认为，个人要敢于公开地以学者的方式表明自己对事物的理解（而不是别人的意见），社会应保护这种自由，人类才能进入成熟的状态。康德为理性的建构增添了社会对话的要素。

20世纪晚期，福柯也以"什么是启蒙？"为题，接着康德的话说：启蒙的勇气应包括不怕"启蒙的讹诈"。福柯没有摒弃"现代性"这个词，而是以波德莱尔那种游牧性格重新界定了现代的主体。他说，所谓现代人，不是那个发现自我的内在真理的人，而是在变化之中创造自己的人；现代人应该将自己视为一个复杂而艰辛的工程（"What is Enlightenment？"*Foucault Reader*，第41—43页）。福柯对主体的重新定义，是对启蒙现代性的修正。

什么是启蒙？后现代应对这个问题的种种策略，可以在尼采那里找到起初的示范。在《悲剧的诞生》这本书里，尼采的锋芒，直指苏格拉底以降以辩证法为特征的理性传统。尼采问，代表希腊文化之力的悲剧精神为什么竟被现代人遗忘？原因可追溯到苏格拉底提倡的重理性轻艺术的风气，这种风气延续到现代，工具理性日盛，人文关怀日衰。

尼采期盼悲剧精神再生，是希望现代人重新在自我和文化中找回"酒神精神"（the Dionysian）。特别要着墨的一点是：尼采在批评"科学主义"的同时，并不否定苏格拉底代表的理性传统，而是将苏格拉底的象征性加以改造。据说，一向重理性轻艺术的苏格拉底，在生命最后的日子里，在梦里听见幽灵对他说："实践音乐吧，苏格拉底！"尼采不无戏谑而又严肃地提议，"实践音乐的苏格拉底"可以作为历史转折的新符号，以此主张理性和酒神艺术应该融合，哲学应该重新容纳诗的智慧。"实践音乐的苏格拉底"恰如其分地说明了后现代与现代的关系：由此可见，后现代不是对现代性的否定，而是现代性的更新和继续。

归根结底，启蒙关切的焦点是"人"。启蒙之初对"人"的关心，引起人们对启蒙的激情。后现代理论兴起之初，有一种声音批评现代体系形成的"人本主义"（humanism），引起了情绪复杂的反应。我们在这两章中也谈道：作为现代体系同义词的人本主义，是一种人类中心的认识论，有其盲点。然而，这样的批评并不意味着不关心"人"，也不意味着"人"不能再度兴起。但是，"人"应该清醒地知道，启蒙现代性界定的"人"是如何迷失的。

尼采在《人性的，太人性的》的一段箴言中说："'人'的概念、'人'的认知能力，是四千多年前逐渐形成的，许多哲学家根据某些宗教、某些政治事件，有意或无意把'人'最近的一些现象作为思考'人'的固定形式，而忘记了'人'是在变化中的。如此看来，对'人'的哲学思考，要有历史的观照，要有一点谦虚才好。"（*Human*，第13页）

尼采细致入微的思考，带给后现代的思辨许多启示。尼采的力量，以及许多认真思考启蒙现代性的作者的力量，不完全在于他们说了什么，而在于他们静静地示范着——启蒙，应该是这样的。

法兰西篇

而他凝聚人生的辛酸苦乐，表达『忧郁』，为的是搭建通往『理想』之桥。『忧郁』实因『理想』而起，当『忧郁』接通『理想』触及纯灵，那一瞬间，『一行波德莱尔』浑然而成。

布尔乔亚的现代语义：庸俗、市侩、毫无审美情趣的人和事。……布尔乔亚和美学判断，两者有什么关系？答案是：两者没有关系。布尔乔亚有『资』，偏偏没有美学教养，也不会美学判断。所以，如果对布尔乔亚做美学判断，他们的本来面貌就暴露无遗。美学判断和布尔乔亚，因为不相干而相干。

世界意义上的现代化终于抵达中国，『资资』有味的时尚也接踵而至，郝麦们也来了。我们看到，郝麦们滔滔不绝，活像福楼拜小说里写的模样。那么，他们知道福楼拜的美学判断吗？知道怎样，不知道又怎样？郝麦们继续滔滔不绝，他们是不看福楼拜的。

第三章

波德莱尔忧郁的理想

1　那一行波德莱尔

有此一说：文学现代性以福楼拜、波德莱尔为标志，正式发端于19世纪。福楼拜一扫当时的浪漫迷雾，以"客观"风格树立现代小说的范式，"福楼拜之后的小说"也就成为现代小说的代名词。波德莱尔最早以城市为抒情诗的主题，他是象征主义的源头，又是第一个论及艺术现代性的诗人，称他为现代诗的先驱，当之无愧。

福楼拜和现代性留到下一章，暂且不表。那么，波德莱尔的现代启示录是什么？

答：现代诗和现代化之间不是镜像反映的关系；两者相关，却并非等同。

现代诗和现代化之间呈现不等式，如何不等，为何不等？待——明悉波德莱尔作品的各个元素，看见他诗学的整体，也就有了答案。

波德莱尔以独特的诗形式表达情感，很有震撼力。芥川龙之介有感："有时，人生真不如一行波德莱尔。"

不是某一句某一行，而是一句又一句，一篇又一篇，这一行波德莱尔处处可见。他的诗性蕴蓄一种无限的感受力。震怒时，怒中蕴含悲悯。他将神经末梢的痛苦渗入诗句，却似乎不动情感，冷峻到近乎在嘲笑痛苦。如果世上有人类情感的炼金术，那这应该是波德莱尔的专长。波德莱尔最爱用的"忧郁"（spleen）一词，其实是悲悯、痛苦、蔑视、勇气、愤怒的混合。而他凝聚人生的辛酸苦乐，表达"忧郁"，为的是搭建通往"理想"之桥。"忧郁"实因"理想"而起，当"忧郁"接通"理想"触及纯灵，那一瞬间，"一行波德莱尔"浑然而成。此时，诗人随诗句升华，飘然远扬，白云间隐隐可见他的身影。

波德莱尔的诗句并不顺应世故，时时令人惊悚。他命运的另一面，是其诗艺的精神内涵一直被深深误解。

1857 年，《恶之花》面世的当年，法兰西第二帝国的法庭即裁定波德莱尔为堕落的代表，下令删去诗六首，并课以罚款。现代史上这件苏格拉底式的冤案，迄今令崇尚自由的法兰西人汗颜，但道德评判的眼光始终跟随波德莱尔。有些人谴责他深入"恶"中，无视他的"恶之花"真实而奇美。诗人的性格被断章取义地解释，他就只是个鸦片、大麻和酒精的服用者，好像他故意滋养罪恶和痛苦，要骇人听闻，伤风败俗。波德莱尔活着的时候，对他的诽谤一直不绝于耳。他死后，竟有人跑去告诉他的母亲，说她的儿子是个邪恶的疯子，令他母亲大为惊愕。

另一种情形在阅读波德莱尔时也经常出现：读者怀了热诚投入波德莱尔诗句，见其激情不见其冷静，见其愤怒不见其机智，见其忧郁不见其理想，得其情绪的片断而失其情感的节奏。将种种并非波德莱尔的情绪投射给波德莱尔，是善意的误读误解。

波德莱尔流传最广的作品是诗集《恶之花》。同样值得关注的，还有他的散文诗，如《巴黎的忧郁》《赤裸的心》《隐秘的日记》《可怜的比利时》《比利时讽刺集》等集子，或白描，或抒情，皆见机智清醒；长短句、排比句，形式自由而成熟。他在致友人阿尔塞纳·胡塞的信中坦言，散文诗的形式"富有音乐性，而不受节奏韵脚的约束，柔韧灵活且粗犷有力，更易于表现心灵抒情的律动、梦幻的起伏、良知的感触"。

波德莱尔其人其诗，与常规式的评判并不相容。天性善良的他，并非一般意义上的"好人"。针对庸俗的"善"，他宁愿宣称撒旦是他行动的缪斯。他所说的"恶"（法语：mal）超越道德的善恶，包括生老病死、生命中的痛苦、历史中的黑暗，都是真实的 mal，英语将这个词译为 evil，过多倾斜于伦理。美，必须有本质的真实，为了真实的美，波德莱尔与真实的 mal 纠缠到底。

波德莱尔为自己的诗篇塑造了一个主角：Le flâneur，一个在现代城市里闲逛的人，就叫他"浪子"好了。"浪子"实为诗人的化身，看似在街道人群中闲逛，意在观察物景中的人，想象他们的故事，在沉思中幻想。偶尔浪子也有行动。

生活中，波德莱尔的装扮时而奇特，生活看似放荡不羁，诗内诗外的"浪子"是否是同一人我们难以分辨，但是，诗内诗外，他对布尔乔亚文化的蔑视是一致的。

同司汤达一样，波德莱尔有贵族的天性，却不以出身和阶级为区分高低贵贱的标准；他蔑视新旧贵族阶级，却是街头穷人、妓女的好友。

同司汤达一样，波德莱尔信奉自由平等的现代原则，在现代社会的夹缝中，寻求"高贵"价值新的可能。

这样说未尝不可：司汤达的于连转世，变身波德莱尔的浪子，游荡在巴黎街头巷尾。这是个超凡脱俗的浪子。

2　现代的情感形式

波德莱尔的诗长于情感，富于情感的形式，好比塞纳河畔一座教堂，恢宏神圣，是因其结构里融会了各种元素。

有哪些情感元素？笼统地说，有波德莱尔的艺术修养，有他对人性的体验、对历史的感悟、对美的执着。通过对比可以说得更细一些：假如有此一问：波德莱尔的情感表达难道不是有浪漫特征的吗，为什么说他的情感是现代的，亦即质疑浪漫的？

波德莱尔与浪漫传统当然有关系。几乎所有的诗人都源于浪漫传统。但浪漫主义是波德莱尔的童年，现代美学是他的成年。断了浪漫主义的奶以后，波德莱尔领悟了现代的情感。

当时的浪漫诗在遣词或选题上，厚古薄今。雨果在《克伦威尔》的序言中，以典型的浪漫情怀将"荒诞"和"崇高"（grotesque and sublime）看作诗歌不可兼容的两极。尽管日常生活的题材已经进入当时的诗里，但是受这种两极思维影响，有些诗人生怕因直白地使用日常题材和语言而落俗，不够崇高。维尼（Alfred de Vigny）写得一手好诗，受这种思维影响，有时反而落入俗套。他曾把火车头描写成一条龙或一头狂奔的野牛，背上载着蓝眼睛的天使，拔剑挥舞，阻挡飞扬而起的卵石。如此表达，真的就崇高？

波德莱尔对荒诞的现实进行提炼，试验一种新诗的可能。日常题材引起的情感冲动、揭示的异样、意外，皆是诗情，皆成诗趣。巴黎穷人的眼睛，同时映照出有情和无情；迷恋医生以至于靠收集他们照片来编织幻想的某某小姐，活生生的是现代都市的病例；穷孩子手里的一只活老鼠是富家孩子眼里最好的玩具；傍晚百叶窗后面的家庭剧，重演现代城市人的异化和异化激起的人性冲突（见《巴黎的忧郁》第二十六、四十七、十九、三十五等篇）。波德莱尔对现代诗学的贡献是：要善于在平凡中找到不平凡。

波德莱尔不是也在沿用当时浪漫文学中的许多题材？例如厌倦（ennui）、反叛、诗人的痛苦、死亡、毒品、撒旦式的愤怒等，这是不争的事实。但是在波德莱尔现代诗的氛围中，这些传统题材的再用，已被改变了情感基础。以现实的荒谬为大语境，加入追求美之理想的浪漫表达，就像苦涩的黑咖啡里加入了牛奶，咖啡为主，牛奶为伴（咖啡伴侣）。波德莱尔也曾称赞浪漫诗人为文学提供了新的可能，但认为他们没有充分利用这些可能。意思是，浪漫诗人懂得牛奶的好处，却不懂得牛奶加入咖啡的特殊美味。

启蒙以来形成的现代哲理体系已经具有某种浪漫性格，比如，认为现代化"必然"带给人类进步，认为人像机器一样可臻完善（the perfectibility of man）。

波德莱尔的诗嘲笑这种盲目乐观，视之为荒谬。正是抵触某种浪漫的性格奠定了波德莱尔美学现代性的基础。

在波德莱尔眼里，人不可能完美，包括生老病死等生命的有限性，是自然的基本状态。所谓"恶"（"mal"有"病态""缺陷"等含义）是客观存在。

人性当中，有追求完美和无限的理想主义的一面。而生命是什么？是理想和现实、完美和不完美、无限和有限之间时时刻刻的冲突。波德莱尔以生命中的动态和张力布局诗歌。

现代的心理感觉应该在动态或无常中寻找：这是波德莱尔的一个发现。当然，这不是某一个艺术家的发现。

波德莱尔向画家学习，发表绘画评论在前，自己动手写诗在后。从他的"之前"，可观察他"之后"的情感形式是怎样萌发的。

戈雅给了他启发。戈雅被称作最后的文艺复兴画家、最早的现代画家，常在画里展现惊骇和倾向暴力的图像。波德莱尔看重的，不仅是戈雅的这种构图，还有构图后面潜在的感觉：对不可捉摸力量的倾心，通过赤裸裸的感官，表现并非恶意的魔鬼式力度，极大加重了动态情感的内涵。

以后，波德莱尔又在他喜爱的爱伦·坡的作品里找到戈雅的另一情感特质：人在虚无时，产生一种令人麻痹的直觉，以致浑身颤悚，天日无光，也将平日做人的种种伪装，剥了个一干二净。

忧郁（spleen），作为波德莱尔抒情诗的主要情感形式，若以戈雅和爱伦·坡的情感特质来理解会比较准确。

Spleen 译为"忧郁"，只能传达这个词的部分意思。Spleen 的基本语义是"脾脏"，在西方文化的观念里，"脾脏"主管精神、勇气、忧郁、愤怒、怨恨。波德莱尔用这个词，既有忧郁通常的含义，也有戈雅或爱伦·坡那样的不快、无助感、怨恨，甚至坏情绪魔鬼式的爆发，给人"恶"之来袭的强烈感受。

Spleen 既然是诗化了的情感特质，那么就具有了丰富的形上内涵。诗中"浪子"对痛苦近乎冷酷的承受，他的无助和苦闷，透出中世纪天主教艺术品的精神气质。痛苦中的"浪子"如同受了伤的天鹅，心的震颤，就像天鹅的双翼微震，意欲振翅高飞，羽翼却沉重得难以升腾。忧郁的"浪子"毕竟要爆发，他使着性子，和历史较劲，发脾气也透露他心里的彼岸性。若是比看谁发的脾气能恰到好处，波德莱尔可能夺冠。

"忧郁"是波德莱尔的诗形式、情感形式，也是精神形式。"忧郁"含有理想性。

戈雅的绘画和波德莱尔的诗句，都是把描写的物体作为情绪和情感的载体，物体本身并不十分重要。

俄国人什克洛夫斯基提出"陌生化"（defamiliarization）是艺术

的主要特征时，说诗人写石头，并非写石头本身，而是借石头写意境。什克洛夫斯基这样解释我们为什么需要"陌生化"："现代社会麻痹了我们对生活方方面面应有的敏感，对战争不再恐惧，听不见夜莺歌唱，对一切都习以为常，生命应有的情感也就丧失了。艺术的'陌生化'是对现代社会'习惯势力'（forces of habitualization）的抗衡。"（Shklovsky，第 717—726 页）为什么要把熟悉的事物变形，变得不熟悉？简单说，是为了恢复人性，为了与异化抗衡。

波德莱尔从画家德拉克洛瓦那里受益良多。他学习德拉克洛瓦的美学思想并撰写画论之际，是他阐述美学原则最精辟之时。波德莱尔这样复述德拉克洛瓦的思想：艺术之首要原则，是绘画必须反映艺术家最深处的思想；第二条原则，是艺术家必须谨慎运用作画的手法（"The Salon of 1846"，*Selected Writings*，第 66 页）。激情的情绪释放不可没有艺术的控制。在另一个语境里，木心说过相似的话："艺术是另有摩西的，他的诫命是：不可随心所欲。"（《素履之往》，第98 页）

德拉克洛瓦有几条绘画原则，也是波德莱尔的诗艺原则。

"旋律"（melody）是情感的动态结构。艺术细节源自整体的抽象，所以服从于整体。从较远的距离看一幅画，看不清线条，也不理解画的主题，但看到了画的旋律，就感悟了画的意义，储存在记忆里。波德莱尔说，德拉克洛瓦的《但丁和维吉尔》给人如此深的印象，是因为"距离加深了画的强烈感"（"The Salon of 1846"，*Selected Writings*，第 67 页）。

每个诗篇都是有旋律的整体，有情感内涵的动态结构。波德莱尔的美学是个整体，"一行波德莱尔"和这个整体息息相关，才有强劲的震撼。

德拉克洛瓦还认为，艺术来自艺术家的记忆，大自然只是一部字典。这一见解已经摆脱了浪漫主义的自然观。波德莱尔也是如此，他用大自然的词汇，描写的是记忆引起的思绪。

"只有德拉克洛瓦能够创造宗教情感"（"The Salon of 1846"，*Selected Writings*，第 69 页）。波德莱尔如是说，又是借德拉克洛瓦来解释自己个性化了的"天主教"情感。这种信仰是"深刻的忧伤，是一种苦难处处存在的信仰。这种信仰，由于其天主教性质，赋予了个人完全的自由，它只要求我们用自己的语言将它宣示——如果这个人懂得苦难的意义，如果他是画家"（"The Salon of 1846"，第 69 页）。

波德莱尔还从另一个角度欣赏德拉克洛瓦：德拉克洛瓦"不画漂亮的女人，至少不是通常意义的那种漂亮。德拉克洛瓦笔下的女人，多数是病态的，却发出内在美丽的光。他不用强壮的肌肉，而是用神经质的紧张表现力量"（"The Salon of 1846"，*Selected Writings*，第 74 页）。在波德莱尔看来，德拉克洛瓦之所以神秘和深刻，就在于他描述的是道德感产生的苦难，是苦难才得以传达的道德感。

波德莱尔也为自己的"忧郁"留下许多做宗教解释的空间。

波德莱尔同浪漫主义之间还有一个重要分野。浪漫诗传统中的"我"，几乎无例外的是诗人自己，其中精品可称为"表现主义"，其中次品沦为诗人的自怜自恋。到 19 世纪中叶，此类次品诗作泛滥成灾。兰波有感而发:"如今太多的自我中心者号称自己是诗人。"

波德莱尔诗中的"我"是用以表演的面具,每个面具根据每首诗的整体旋律塑造。如本雅明所说:"波德莱尔心中的诗人,却以一种隐姓埋名的方式藏匿于他所用的面具……隐姓埋名是他的诗的法则。"(《发达资本主义时代的抒情诗人》,第100页)正因为如此,波德莱尔塑造的城市"浪子"多面而且复杂:

游荡和搜寻是浪子的专业;他在现代城市的人群中游荡;他内心丰富,为人性的失落而苦闷;他唯美,因美的理想而忧郁;他勇于行动,却时常因此失态,令人啼笑皆非;他在城市的病态和种种的"恶"中搜寻诗句,寻找理想。

波德莱尔还为"浪子"找了个同义词——dandysme,可译为"浪子性格"。

福柯非常看重波德莱尔的浪子性格,视其自我创造为现代人典范。无独有偶,本雅明也作如是观,视"浪子"为现代诗的英雄。他们都看到"浪子"是现代诗美学思考的化身。

3 理想和忧郁——永恒和瞬间

波德莱尔明确提出美学现代性,具体是在《现代生活的画家》一文里。

启蒙运动形成的体系现代性,或曰现代思想体系,以其体系的完整为傲,宣扬历史自然进步的乐观,其实是容不得悲观的。波德莱尔提出的美学现代性，兼顾理想与忧郁，是以冲突为特征的现代叙述。

体系现代性和美学现代性都被称作"现代性"，却很不同，并列时呈现的是不等式。

在《现代生活的画家》里，波德莱尔不赞成"美是绝对和唯一"的看法，认为美既有永恒，也基于当代的瞬息万变，美由艺术性和历史性共同凝铸，具有双重性。

"两种因素构成了美，一方面是永恒的因素，不过很难判断永恒的因素（在美中）占多少比例；另一方面是相对的、偶发的因素，也就是我们可以按时间顺序排列的因素，即当代性、时尚、道德观、激情。这第二个因素像是神性的蛋糕（the divine cake）上那一层好玩、诱人而且开胃的装饰，没有这个因素，第一个因素就变得难以消化，味同嚼蜡，不符合人性"（"The Painer of Modern Life"，*Selected Writings*，第 302 页）。

波德莱尔用 la modernité（modernity）指美学的现代性，又说："现代性是无常、瞬变、偶发的，这是艺术的一半，另一半是永恒而不变的。"（"The Painer of Modern Life"，*Selected Writings*，第 403 页）

这句常被引用的话可分三层意思。

第一层意思，无常、瞬变、偶发的生活（现代），是艺术生发的根，没有这个根，艺术没有生命力。

第二层意思，永恒是理想在艺术中的显现。艺术之永恒，有赖诗人的才学和想象力形成的特有的虚构，波德莱尔的"对应"说

（correspondence）就是这个意思。在艺术中，理想可以成真，使人间和天堂有了"对应"的可能。由此可见，波德莱尔的诗学不能只用模仿解释，只靠模仿，现代生活不能转化为现代艺术。前面已经谈到，波德莱尔精于将情感化作艺术形式。

第三层意思，艺术现代性的两半（好比拱廊的两个半圆）在波德莱尔的诗里是动态的。无常和永恒相遇，瞬变与不变交锋，产生张力，偶尔也有和谐，但冲突是常态。

用波德莱尔个性化的宗教语言解释第三层意思，即诗的张力是上帝式的冲动和撒旦式的冲动在人性里交战。

波德莱尔的撒旦是弥尔顿笔下的撒旦，阳刚的叛逆者，反衬上帝的威力，给美输入陌生神秘的感觉、忧郁的氛围、德拉克洛瓦式的旋律。

就他的情感结构而言，无常和永恒的碰撞，亦即忧郁和理想的交互作用，产生理想的忧郁，忧郁的理想。

作为波德莱尔诗的具体形式，忧郁是一个情感的周期，显现于他的许多诗篇中。

在这个周期里，厌倦是忧郁的前奏。厌倦引路，忧郁渐强，抵达高潮。在波德莱尔的诗学语汇里，厌倦不仅是乏味无聊，而且具有戈雅、爱伦·坡那样的难以忍受的特质，亦即：意识到现代生活的虚无单调，感受了生命中的"恶"，厌倦如困兽出笼。厌倦渐强，终于按捺不住，成为忧郁的爆发。忧郁的爆发之强，脾气之坏、之暴烈，一时难以缓解。

这个周期可用赋格音乐描述：理想是忧郁的对位声部，或隐或显地相互追逐。忧郁表达的是浪子诗人向往理想而受挫，却绝不言放弃。

这种堪称奇特的周期是一个基本的诗形式，并非千篇一律，而是有若干的变奏。有时，它以恶作剧的情节给人震撼或幽默；有时，诗篇在忧郁的爆发之后出现希望，平和收尾；有时，理想作为主旋律占了很长的篇幅，直到结尾才出现忧郁的爆发；有时，整篇似乎都是理想的抒情，但是淡淡的笔调指向忧郁的潜流。理想旋律的表现方式，常常是忧郁被暂时忘却，是"忘却的沉浸"（forgetful immersion），忘却忧郁而沉浸在永恒的"此刻"（now）中。"此刻"既是永恒，也是瞬变，二者并存。

《巴黎的忧郁》（第四十九）有一篇《痛打穷人》，情节近似荒诞，却让人忍俊不禁。诗中的"我"（浪子）把自己关在屋里半个月，读了许多教人如何一夜发财成为大款之类的畅销书，"那些关心大众幸福的大作……劝穷人做奴才，又让他们相信自己是失去皇冠的国王"，烂书读多了，厌倦浮现（用现在的话说，是郁闷，不爽），浪子心里萌发了"一种模糊的想法，自我感觉要比刚看过的那些江湖膏药优越得多"（Flowers，第101页。是何想法？郁闷里可有理想？浪子并不立刻说明）。

浪子走进一家小酒馆，心里本来就郁闷，偏又遇见一个六十来岁的乞丐，伸出帽子乞讨，那眼神也能"夺走皇冠"（烂书的影子现形了）。耳边响起一个声音，是浪子的"善天使也是善魔鬼"（双重的）。这个"行动的魔鬼，好斗的魔鬼"对他说："一个人要和别人平等，必须证明平等，一个人必须为自由而战才配得上自由的称号。"（*Flowers*，第101—102页）好吧，动手，打你这个老家伙（厌倦变成忧郁的爆发）。我让你当奴才！让你自甘堕落！浪子打肿了对方一只眼睛，打掉他两颗牙齿，顾盼四下见没有警察，操起树棍不停地打下去，使了狠劲打。

哇！接下来奇迹出现！乞丐反扑，痛打浪子，打肿了他两只眼睛（不是一只），打掉了他四颗牙齿（不是两颗）。浪子呢，欣喜若狂，"快活得像哲学家证明了自己的理论。"（*Flowers*，第102页）两人握手言和，"浪子"对乞丐说·"以后有人向你乞讨，不妨在他们身上试试我刚在你身上试过的理论。""他（乞丐）向我发誓，他懂了我的理论，一定按我的劝告去做。"（*Flowers*，第103页）

忧郁和理想的交融，原来如此。作为周期的忧郁形式，原来如此。

这当然是编出来的故事，可是编得巧妙。波德莱尔知道，诗也需要表演，他自己的生活也不无表演式的诗趣。

1848年巴黎发生街垒战时，有人见波德莱尔端着枪在街上走来走去，碰见朋友，他兴奋无比地说："我刚开了一枪。"问："为了共和国吗？"答："为了枪毙欧比克将军。"欧比克是波德莱尔的继父。波德莱尔非常讨厌他，却还不至于真的要枪毙他。那也是一次波德莱尔真情流露的表演，不无虚构成分。他在《赤裸的心》里也说："1848

年挺好玩的。"

常有人讨论波德莱尔是否是革命者，他确实有革命的冲动，但他唯一投身其中的革命是他的诗学和诗艺。

波德莱尔不止一次开过枪。在诗里，他用"理想"的枪，射出"忧郁"的子弹。

《巴黎的忧郁》之九题为《糟糕的玻璃匠》。清晨，"我"站在窗口发呆，为一个理论沉思：真正的梦想家，皆有奇特的冒险行动（于是他讲了几个很好玩的故事，估计是虚构的，您不妨读原文）。浪子这么说：大概是因为"一些恶作剧的魔鬼钻进我们身体，迫不得已，我们只好将他们荒谬绝顶的主意付诸实施"（*Flowers*，第 13 页）。

巴黎弥漫着 19 世纪的雾霾，"我"（浪子）这样遐想着发呆，听见街上走来一个玻璃匠，刺耳的叫卖声穿透清晨浊重的空气。"我"本来就郁闷，定睛细看，是可忍孰不可忍！那些玻璃器皿里，竟然没有桃红，没有鲜红，没有海蓝，"没有具魔力的玻璃，没有天堂窗口的玻璃。可耻啊，你走进贫民窟，居然没有可以让生活美丽的玻璃"！一怒之下，"我"端起阳台上的花盆猛力砸下去，粉碎了玻璃匠的全部流动财产。"我"陶醉在愤怒之中，对玻璃匠大吼："要让生活美丽！要让生活美丽！"（*Flowers*，第 13—14 页）

我有个朋友，坚持说这篇散文诗不是虚构，理由是波德莱尔在书信里讲过他做过类似的事。"波德莱尔是个行为不检点的人"，朋友很肯定地说。我想对他说，绝不是这样，却不知从何说起，忧郁了好几天，也没做出接近浪子那样富有理想的事来。

至少在理论上我知道：文学中的虚构是作者对生活素材重新编排组合，使现实出现某种变形、某种陌生化。虚构是艺术家想象力的发挥，也是一种表演，没有虚构的艺术是不可想象的。亚里士多德在《诗学》里说，诗人模仿的不是发生过的事，而是"有可能"发生的事。这是古代文论对文学虚构性质的解释，重提或许不算多余。

虚构得当实在不易。艺术家要深谙人性和生命之谜，了解自己的理想何在，方能虚构得好。或许可以这样说，诗人取材于现实生活，虚构之后要传达的消息却是来自灵界。

波德莱尔虚构得有趣也有力，他以 19 世纪巴黎为背景的诗句里，时时透露出"彼岸"，透露出他的"理想"。

忧郁是理想的表达，理想是忧郁的慰藉。因为波德莱尔的现代诗有"彼岸性"，所以他的现代诗和现代化之间，相关而并不相等。

双重性，可解释为理想和忧郁、艺术和历史、永恒和瞬间的并存，也可解释为上帝和撒旦的并存。波德莱尔诗的双重性，还有个简明的比喻："白云"。

他的许多诗里都有"白云"飘过。《伊卡洛斯的悲叹》（《恶之花》第 153 页）的叙述者是悲剧英雄伊卡洛斯。希腊神话中，伊卡洛斯在父亲的帮助下，试图用蜡制的翅膀飞离迷宫，但飞起来离太阳太近，蜡翼融化，坠落大海。波德莱尔的伊卡洛斯是现代诗人的化身，也会飞。现代版的伊卡洛斯说：

作妓女的情人看似有福气，

那种满足、自得和快意；

而我，我折断了双臂，

为的是曾经抓住白云，抱在怀里。

这个伊卡洛斯显然不同于那些男人，他的爱不在温柔乡，而在白云，他奋不顾身冲向白云。他的悲叹是，接近白云（理想）的那一瞬间快乐无比，却实在太短暂。

白云，是伊卡洛斯（也是波德莱尔）的理想王国。渴望接近白云而不能，是他的忧郁所在。由白云诠释理想和忧郁共在的双重性，自然而贴切。

《陌生人》（《巴黎的忧郁》第一）是现代诗人的画像，最后一句是："我爱白云……飘过的白云……高高在那里……高高在那里……奇妙的白云！"

这里的白云也是双重含义的：白云高远永恒，白云瞬息万变。永恒一瞬，一瞬永恒。白云飘过，是理想王国里的一缕忧伤。

4　"虚伪的读者"和奥斯曼式的现代化

波德莱尔说，人类堕落之前的夏娃的那种美（亦即脱离了历史因素的美），抽象而且不可界定，美成为空洞（"The Painter of Modern Life", *Selected Writings*，第 403 页）。

美必须在人类堕落之后的历史（包括现代历史）里找到。波德莱尔称此种美为"恶之花"。

我们来问一个关键的问题，波德莱尔的这种与理想浑然一体的忧郁，有没有历史的成因？有。历史成因有二：

历史成因之一，波德莱尔的抒情诗不巧碰上了"特别"的读者群：现代的布尔乔亚们。本雅明这样解释："波德莱尔想到的读者，接触抒情诗有一定困难，《恶之花》的导言诗是写给这些读者的。意志力和专注力不是他们的优点，他们偏好感官的享受，他们熟悉的是足以扼杀兴趣和悟性的那种'忧郁'。"（*"On Some Motifs in Baudelaire"*, *Illuminations*，第 155 页）

请注意：本雅明虽然也用"忧郁"一词，和波德莱尔说的"忧郁"内容却不同。此"忧郁"非彼"忧郁"。

将波德莱尔《恶之花》的导言诗《致读者》和他《1846 年的沙龙》的第一节《致布尔乔亚》并列比较，就明白波德莱尔的读者群是"布尔乔亚"。

本雅明为什么不明说？既受马克思理论影响又深谙人文真谛的本雅明，也许知道这里有个不易说得清楚的语义区别。"布尔乔亚"，bourgeoisie 的音译，在马克思的语汇里，指那个与无产阶级相对的阶级，中文译为"资产阶级"，两者的冲突，形成马克思历史辩证法的正与反。在马克思的辩证观念里，资产阶级是人数很少的一群。然而，就欧洲历史而论，"布尔乔亚"是法国革命之后资产迅速增加的中上层阶级，人数并不少。他们有了钱和地位，接受了一些教育，但没有什么文化，没有什么审美能力。这个意义上的"布尔乔亚"和马克思的用法不尽相同。在司汤达、福楼拜、波德莱尔、普鲁斯特代表的法国现代文学传统中，"布尔乔亚"是那个没有审美力的新富阶级，是"庸俗"的代名词。纳博科夫曾说，"布尔乔亚"在福楼拜眼里，代表着"拿着庸俗当光荣"（glorified vulgarity）。用今天的话语说，"布尔乔亚"是有几个钱可是没有教养的那些人；他们有大款派头、小资情调，可偏偏是他们聒噪不已，话语宏大，滔滔不绝。"拿着庸俗当光荣"，这是当时的审美判断对"布尔乔亚"的裁决。本雅明其实已说得很清楚：他们"接触抒情诗有一定困难"。

历史现实使"布尔乔亚"成为买得起书的多数人，波德莱尔偏不巧碰上这个对美学没有真正兴趣的读者群，他采取了狡猾的策略。

策略之一是先安抚，同时给以忠告，话里带着讽刺。请看《致布尔乔亚》前面几段话：

> 你们在人数和知识上都是多数，因此你们即权力，而权力即正义。
>
> 你们中有些人"有学问"，另一些人"有钱"。如果"有学问"的"有了钱"，"有钱"的"有了学问"，那么光荣的日子就曙光初现。到那个时候，你们的权力就完整了，也不会有人向它挑战。
>
> 在这伟大的和谐还不是我们的那一天之前，只"有钱"是不够的，仍须努力有些学问；因为知识是一种享受的形式，绝

不亚于拥有财产。

　　国家的统治已经是你们的，这倒是应该的，因为你们有权力嘛。但是，你们还要有审美能力，正如你们今天谁也没有权利放弃权力一样，同样的，你们谁也没有权利放弃诗。你可以三天不吃面包，但是不读诗，那可不行。你们中间有人持相反的意见，那是他们还不了解自己。("The Salon of 1846", *Selected Writings*，第47页）

　　《致读者》的最后一句和《致布尔乔亚》的口吻一样，细品之下，同样五味杂陈："虚伪的读者——与我相似的人啊——我的兄弟。"（*Flowers*，第18—19页）

　　波德莱尔连讽带刺地劝告"布尔乔亚"，却也煞费苦心。与马克思不尽相同，他希望能教化"布尔乔亚"，让现代社会多一些美学的启蒙。波德莱尔的劝说收到了一些成效，"布尔乔亚"中的一些人尝试美学的自我改造，酿成波希米亚的文化。

　　策略之二是策略之一的后续。如本雅明所说，布尔乔亚们习惯并追逐的"忧郁"，不过是现代社会司空见惯的感官刺激。本雅明有另一个说法："布尔乔亚"追求"震撼经验"（shock experience），即现代媒体趋之若鹜的有刺激的新闻，造成的是更大的冷漠。波德莱尔对"布尔乔亚"实施美学启蒙的方式是：我用你熟悉的"忧郁"形式表述我的"忧郁的理想"；我把"震撼经验"置于诗句之中，让你们经历另一种审美的震撼——"审美的研究是一场决斗，艺术家惊恐而一声嘶喊，然后才被击败"（*Paris*，第 3 页）。此震撼非彼震撼。此忧郁非彼忧郁。

这样的策略成功吗？波德莱尔写诗，开始并没有指望有畅销的成功，没料到以后却一直在西方畅销，也许是某种意义上的成功。

本雅明对波德莱尔、柏格森、普鲁斯特、弗洛伊德做了细致的对比分析，认为美学现代性代表的经验结构针对现代化代表的异化经验结构，进行了长期的渗透式改造。

这些作者一直受喜爱、受重视，他们的作品记录了另一部现代史，这不能不说是一种真正的成功（"On Some Motifs in Baudelaire"，*Illuminations*）。

波德莱尔为什么以诗的忧郁表达理想，其历史成因之二，是他目睹了第二帝国时期巴黎现代化造成的社会贫困和随之而来的精神贫困。本雅明说："波德莱尔的天才，靠忧郁滋养，是讽喻（allegorical）天才。由于波德莱尔，巴黎第一次成为抒情诗的题材……讽喻天才投向这座城市的目光，揭示的是深刻的异化。"（*Arcades*，第 21 页）

法国的第二帝国时期，指拿破仑三世（拿破仑的侄子）1852 年称帝至 1870 年他在普法战争被俘的这一段时间。其实拿破仑三世在称帝之前，借 1848 年的起义已经掌握政权，马克思的《路易·波拿巴的雾月十八日》记录了 1848 至 1852 年拿破仑三世篡夺权力的历史。算下来，第二帝国大约有二十多年时间。在国内政治方面，拿破仑三世严格限制自由，建立关押政治犯和普通罪犯的监狱营地，是不折不扣的专制者。但是，巴黎城市的现代化也是在拿破仑三世统治下完成的。

从启蒙开启的体系现代性（又称宏大叙述）来看，巴黎的现代化应该是历史进步的实例。但是从波德莱尔美学现代性的角度看，这段历史不无丑恶，是对"光明进步"的宏大叙述的讽刺。由于西方一些学者（特别是本雅明）对波德莱尔和这段历史做了大量研究，我们才不至于忘记这段现代化进程的教训。

巴黎市的现代化，由拿破仑三世授意，交由巴黎地区行政长官奥斯曼（Georges-Eugène Haussmann）执行，史家称这段时间为"奥斯曼时期"（Haussmannization）。奥斯曼于1853年奉命实施巴黎现代化，到1870年拿破仑三世为平复民怨被迫将他免职为止，这个计划持续了十多年。

在奥斯曼计划之下，笔直和庞大，成为城市现代化的符号。老巴黎大部分弯曲的街道被拆除，为直线让路。奥斯曼计划以大为傲——大公园、大广场、林荫大道。奥斯曼计划的成绩，是实现了城市供水、排污、交通的现代化。但是，它的破坏也是巨大的，原有的建筑多达六成被拆除，自中世纪以来形成的老巴黎被摧毁。最严重的后果是，历史形成的巴黎市民社会结构几乎荡然无存。

许多史学家注意到，奥斯曼计划的动机主要出自政治。将原先鹅卵石路面的弯街拆除，改成宽得能走车却不便行人的林荫大道，一是为防止巴黎市民再筑起街垒造反；二来，如果遇到市民反抗，可以迅速调军队进入市区镇压。

奥斯曼计划还有一个目的：借机把工人和贫民赶出城市，缩减穷人在城市中的人口比例。巴黎现代化号称要把"香"和"臭"分开，并非公共卫生目标，而是在穷和富之间隔出物理的距离，是一种双重意义的"净化"隔离（Corbin，第134页）。

奥斯曼计划的实施，对城市贫民采取了无情的掠夺性土地征购政策，少数人借机瞬间暴富，却造成更多的无家可归人群。城市贫民携家带口，出现在林荫大道两旁的人行道上，成为新巴黎的新景观。妓女在变化的巴黎中也找到了特别的空间。新的公寓楼在墙壁涂上泥灰之后，需要一段时间风干，这一段时间，新楼就是妓女活动的地点，直到住户搬进去住之前，妓女才会离开（Corbin，第25页）。

今天去巴黎的人，已经看不见奥斯曼计划造成的巨大社会代价。那些忧愁、愤怒的市民已长眠地下。今日巴黎的壮观，似乎给了奥斯曼计划合理性。

奥斯曼早就死了，变成幽灵。奥斯曼之后，许多国家的城市现代化计划中，都有奥斯曼计划的幽灵在徘徊。

按照政治判断，奥斯曼似乎赢了。而美学判断不同于政治判断，它发乎人性，生命力很强很强，记忆很长很长，始终不让我们忘记人的代价、人的根本价值。

散文诗《穷人的眼睛》（《巴黎的忧郁》第二十六）是奥斯曼时期的侧影。散文诗一开始，"我"突然对女友说："你知道我今天为什么恨你吗？"这并不是常见的情侣之间的纷争。"我"并非不爱女友，之所以这样厌倦，如此郁闷，要从那天傍晚早些时候说起。那时，两人坐在林荫大道旁一家新开的咖啡馆前。"咖啡馆坐落在一条新建的林荫大道的拐角，地上散落的泥灰垃圾，炫耀着尚未完工的辉煌。"（*Paris*，第 52 页）咖啡馆里，汽灯通明，熙熙攘攘，好像"所有的历史和所有的神话都来侍奉吃喝了"（*Paris*，第 52 页）。盛宴诠释着盛世！

盛世的另一面在街道对面，那里站着一家穷人，一个胡子灰白、面色憔悴却只有四十多岁的男人，一手牵一个小男孩，另一只手环抱襁褓中的婴儿。

三双眼睛都在说话。"父亲的眼睛说：'多美啊！多美啊！穷人世界所有的金子都跑到那墙上了。'男孩的眼睛说：'多美啊！多美啊！可是这房子不是我们这样的人可以进去的。'婴儿看得入了迷，表达的只有欢喜，傻傻的、深深的欢喜。"（*Paris*，第 53 页）

眼睛家族深深感染了"我"（浪子），"我"为手中之杯羞愧，渴望在恋人温柔的眼睛里找到共鸣。"我"在爱人眼睛搜寻，可是，太遗憾，看不见一丝同情。女友害怕穷人的眼睛至极，让老板把他们撵走。

穷人的眼睛看到了奥斯曼现代化的真实代价："穷人世界所有的金子都跑到那墙上了……可是这房子不是我们这样的人可以进去的。"

穷人的眼睛里有拙朴的美。他们的眼睛并不贫困，贫困的是那双看不见美的眼睛，那徒有美丽外表的女友的眼睛。

波德莱尔诗篇里有许多这样的眼睛家族，他们和现代体系的"看"法不同。现代化向前看，向钱看。眼睛家族看到的是，这种向前看，破坏城市居民和城市之间自然形成的和谐关系，是可怕的异化。

巴黎公社形成的根本原因是，巴黎市民试图重新建立更符合人性的城市关系，恢复原有的市民社会。巴黎公社（Paris Commune）这个词，在当时出现是十分自然的。奥斯曼计划之前，公社（commune）指的是历史上自然形成的居民区。奥斯曼计划期间，市区和郊区的许多公社被强行摧毁。仅在 1860 年，拿破仑三世向奥斯曼下达法令，一次就摧毁了巴黎郊区的 11 个公社。由于奥斯曼计划的实施，"公社"一词消失，被行政区（arrondissement）取代。"公社"这个词在历史上再次出现时，已经失却城市里市民社会的原意。

以后的城市现代化过程中，奥斯曼的幽灵和公社的幽灵还会争斗，只是大家记不得也想不起来"公社"这个词了。

"向前看"的现代化理论自相矛盾。保罗·德曼（Paul de Man）说："现代（化）以这样一种欲望的形式存在，它意欲扫除先前的一切，希望最终达到可以称为真正现在（true present）的一个点，一个标志着新出发的起始点。"但是，"'向前看'的欲望很快自我颠覆。现代思想一旦明白了自己的策略，便发现自己的这种'生成方式'（generative scheme）并无新意，而是古已有之，早有教训"。（de Man，第 148—150 页）

否定前面的历史，所谓的新的起始点很快也成为历史。明白过来，已是暮色苍茫。

"浪子"是现代城市里的诗魂。自由游荡的"浪子"学会全方位的观察：向上看，向下看，朝里看，朝外看；往前看时也往后看。后顾，是前瞻的借鉴。

波德莱尔的忧郁和理想，与老巴黎的回忆紧密相连。第二帝国之前的巴黎（自中世纪逐渐成形的老巴黎）从奥斯曼计划之后不复存在，今天只留下一些文字描述可供我们想象：鹅卵石的街道、适合闲逛人的街景、诗情画意的花园、可挡风遮雨的拱廊街、熙攘喧闹的集市、飘散着人文气息的公社，等等。以奥斯曼为符号的宽阔大道（boulevard）适合车辆，不适合人的活动，也不适合市民社会。"boulevard"不同于"street"，就在于后者才是人性的城市空间，是可以逛的"街"。

人的空间被奥斯曼计划缩减到不堪忍耐，缩减到公社不惜一战，宁肯战死。巴黎公社尚未发生之前，不复存在的老巴黎的市民空间，魂魄似地游荡，进入波德莱尔的诗句，是一股伤痛不已的忧郁潜流。

有一次，波德莱尔对老巴黎的忧郁（向往人性空间的理想）化为天鹅。

波德莱尔很少在诗里提到巴黎具体的地点，却在《天鹅》一诗（《恶之花》第八十八）里提到"新建的卡鲁塞尔"。卡鲁塞尔广场在第一帝国时就有，所谓"新建"是扩建，奥斯曼计划摧毁了附近几个社区之后，修了个宽大无比的广场。原先的卡鲁塞尔及周围地区（奥斯曼计划摧毁之前的地区），挤满了卖艺术品、卖旧书的摊位、卖鸟的小贩和他们的各色鸟禽。去博物馆的人、闲逛的人、诗人、艺术家、市民自然汇集在这里，渐渐酝酿出可抗衡帝国权力的市民文化。那里才是艺术家的天地。昔日的卡鲁塞尔和老巴黎被摧毁，在波德莱尔心里留下创伤，受伤的心化作《天鹅》的文字。

诗人说，走过"新建的卡鲁塞尔……老巴黎不复存在（一座城市变得如此快，唉，像人心一般轻浮）"。

旧景触情，恍惚可见"一只天鹅逃离樊笼，蹼足蹭着干透的街面行走，雪白的羽毛在坎坷的石路拖曳"。小溪曾有淙淙流水，如今枯竭，天鹅在干涸的溪流旁驻足，翅膀扇起尘土，回想起美丽的故乡湖。诗人仿佛听见天鹅在呼喊自己的心声："雨啊！你何时倾盆而下？雷电，你何时天空震鸣？"

天鹅对理想的渴望愈深，它的呼喊愈显忧郁。那"一行波德莱尔"所向往所渴望的是人生，被奥斯曼计划野蛮掳夺的人生。

在天鹅的形象里，波德莱尔的诗句，是意欲高飞却难以振翅的羽翼，我们读波德莱尔，可以感到天鹅羽翼的颤抖。

第四章

福楼拜的美学判断

1 布尔乔亚和美学判断

20世纪80年代之后，中国人梦寐以求的现代化来了，真来了，因为"资"风也盛行起来。先有"小资"一说，因情形各异而语义丰富。许多人自称"小资"，意思是之前一穷二白，现如今日子好过了，不过呢，都是工薪阶层，哪里就"资"了？远不够"资"，自诩"小资"，幽自己一默。谁都知道物质生活虽然好了一点，烦心事比以前却多多了。还有些人自称"小资"，那是真发了，自称"小资"，是为了不显山露水。还有大发和暴发者，人数极少，开始还隐忍不说什么，渐渐憋不住，遂以"新贵族"姿态面世，大讲成功经验（而真的经验不说，因为不能说），还有人给国民开起必读的书单，远远望去，感觉那学问大了。这一类是"大资"，自己称"小资"，都感觉不好意思。

一时间，影视文化也大举跟进。屏幕上，老板的爱情，都市的白领，帅哥美女，含情脉脉，击碎多少玻璃心；白领和蓝领（如女老板和男司机）也让他们碰撞出火花，虽不是革命激情，却能刺激泪腺；革命战争题材的连续剧，也时尚一把，变成时装秀，连被绑在敌人刑架上的女同志也穿贴身的旗袍、色泽鲜艳的高跟鞋，观众的历史记忆也混乱起来。处处拜金的苦恋，潮涌的欲念，"大资""小资"，"资资"有味，好不现代，好不盛世！殊不知"资"的时尚是轮回的，欧洲人很早前就有一个专用名称：布尔乔亚（the bourgeois, the bourgeoisie）。

19 世纪的欧洲，布尔乔亚挪用启蒙的进步话语，也时尚风行，如新叶冉冉，初蕊霏霏。历史风云几度，如今欧洲布尔乔亚人还在，字也在，光环却已不再。可谁能想到，它又在 21 世纪的中国上演复活赛。等国人慢慢明白过来，即送"土豪"的称谓给他们，还麻麻辣辣加上一句：土豪，咱们做朋友吧。

"布尔乔亚"一词除了指"资"的财富和地位之外，还逐渐演变出这样的现代语义：庸俗、市侩、无审美情趣的人和事。

布尔乔亚和美学判断，两者有什么关系？答案是：两者没有关系。布尔乔亚有"资"，却偏偏没有美学教养，也不会美学判断。所以，如果对布尔乔亚做美学判断，他们的本来面貌就暴露无遗。美学判断和布尔乔亚，因为不相干而相干。

使这本不相干的两件事变得相干，福楼拜先生功不可没。

法文的 le bourgeois 或 la bourgeoisie，来源于意大利语的 borghesia，前缀 borgo 即"村镇"。bourgeois 最早指村镇上的居民，稍后又指大小商人、手工匠人、靠租金遗产或其他闲钱而碌碌无为的阶层。中世纪时 le bourgeois 成为中产阶级的同义词，指贵族和农奴之间的广大社会阶层。到了现代，在推翻封建秩序、为自由贸易迅速发展开辟道路的美国革命和法国革命中，布尔乔亚是主要社会力量。到了 19 世纪，贵族的权力和财富在欧洲消退，暴发的布尔乔亚群起而代之。启蒙运动以来建立的现代价值本来是为了保护人的基本权利，在立法的逐渐演变中也保护了布尔乔亚的利益。布尔乔亚成为现代社会实际的上层阶级。马克思将布尔乔亚纳入现代政治经济学分析的范畴，我们将其译为"资产阶级"。不过，在欧美通行的话语中，"布尔乔亚"保留了前现代的某些含义（如有闲钱也有闲暇的人），也指现代社会为数不少的中产阶级和他们的群体特征。因此，小布尔乔亚（petty bourgeois）和大布尔乔亚，"小资"和"大资"，都是布尔乔亚。这一点和马克思的用法不尽相同。

19 世纪，布尔乔亚风气日盛，其贪婪、狭隘、庸俗、保守的恶质也显露出来，欧洲文学开始对布尔乔亚做审美的评判。莫里哀、波德莱尔、福楼拜等文学大师笔下的布尔乔亚，不仅庸俗、无知、贪婪，还言必称进步、科学、光明，给自己披上光荣的外衣，俨然现代的化身。

而以美学判断审视他，布尔乔亚的光荣外衣立刻被脱掉了。美学判断因此填补了政治经济学对布尔乔亚分析的不足。福楼拜的《包法利夫人》对此解析尤为深刻，影响尤为深远。

福楼拜严谨的美学判断，同时击中布尔乔亚和浪漫主义的要害，可谓一石二鸟。

福楼拜笔下的"大资"和"小资",如郝麦、查理（Charles）、勒乐（Lheureux）、罗道夫（Rodolphe）、立昂（Léon），等等，或拿庸俗当光荣，或拿无能作专业，嘴脸市侩却招摇过市，话语无知却雄辩滔滔。爱玛·包法利（Emma Bovary）天性浪漫，不甘于布尔乔亚庸俗的生活圈，一心要超越之，无奈却将高尚与庸俗混淆，一次又一次被布尔乔亚欺骗，结果在布尔乔亚的世界里沉沦堕落。爱玛一心想超越布尔乔亚，反而沦陷于布尔乔亚，是《包法利夫人》这部小说最大的反讽。

"Emma Bovary, c'est moi"（爱玛·包法利，就是我），福楼拜这句话和他的小说联系起来，意思是：我剖析爱玛的浪漫错在何处，也是对我自己浪漫情感的反思和清理。**《包法利夫人》之后，警惕浪漫之幼稚成为现代文学的重要特征之一，"福楼拜之后的小说"即成为现代小说的同义词。**

反思浪漫情调的同时，《包法利夫人》还通过对布尔乔亚（尤其是郝麦）人物的塑造，思考另一个严肃的问题：启蒙运动"光明而进步"的现代性，为什么被布尔乔亚披身作为光荣的外衣？福楼拜的小说、波德莱尔的诗，都对"光明而进步"心生疑窦，并因怀疑而以美学判断深究，进而回答了现代性这个不可回避的问题。

何为美学判断？顾名思义，美学判断不是以善或恶，而是以美或丑为出发点，进入以伦理论善恶时常忽略的那些问题。

有健全文学的文化里，运用美学判断自然而然，解释美学判断多此一举；而当一个文化久疏于美学而习惯于别的什么判断，重提这一问题就说来话长。根据解读《包法利夫人》的需要，本书在此试对美学判断做几点常识性说明，难免赘言。

其一，美学（aesthetics），即艺术之学，关注的是艺术的感染力（不限于美与丑）。康德说过：艺术有没有目的之目的（Art has a purposeless purpose, 意指艺术自有其目的，而并非功利目的可论）。人们在艺术的感染之下进行判断，不是出自预设概念，也不为预设目的评判；美学判断发乎人性，关注人性，不用习惯性的判断而判断。

木心写《论美貌》，今习以喻美学。他说："美貌无为，无目的，使人没有特定的反应义务的挂念，就不由自主地被吸引，其实是被感动。"（木心，第 1 页）木心之论起承转合，不止于此句，但这一句足以说明美学的基本理念。

其二，从亚里士多德到现代的文论有一共识，认为文学之美学性融于形式，见于形式。文学形式之基本特征是虚构；虚构指向不是字面而是讽喻层次的真实。文学自然要有生活和历史的依据，但它不是现实的镜像，不"反映"现实。文学家用想象力对生活素材加以组合和虚构，传达的是对于生命和历史的感悟。

虚构故事可以比真实故事更真实，好比去看九寨沟或张家界，看那里的山水，必是三分观看，七分联想。中国的人和山水，也因虚构而相系相关。

英国诗人柯勒律治说，对生活的观察是第一层想象（primary imagination），对生活的重组是第二层想象（secondary imagination）。

第二层想象才是艺术，亦即虚构的艺术。

我们说到艺术的真实，不是说叙述中的事是否当真发生过。艺术的真实在于，它的叙述编排能否给人以感动、震撼、启示的美学经验，是否透出历史和哲学性的真知灼见。

说《包法利夫人》是虚构的，毫无贬低之意。俄裔文学家纳博科夫在美国康奈尔大学任教时讲过《包法利夫人》，开场白直截了当："爱玛·包法利这女孩儿从来没有存在过，《包法利夫人》这本书却将永远永远地存在。一本书要比一个女孩儿的寿命长得多。"（Nabokov，第 125 页）

那么，《包法利夫人》的虚构，包括了小说里的喻说链、人物、事件、人与事的关联、叙述的顺序以及心理描写，等等之一切，都是经福楼拜想象而创造的。这本小说因形式的完美著称于世，足见福楼拜虚构的功力。文学形式又是文学家思想的表现。小说的形式（故事是怎样讲的）和小说的内容（为什么这样讲故事）相辅相成，密不可分。

其三，美学判断比其他判断（例如伦理判断、政治判断）更复杂。因其复杂而更真实，更准确。它深入生命的欲望，融炼感性、理性、意志力、想象力为一体，形成艺术感动（美），成为评判是非、善恶、高下的基础。美学判断因其复调而优于其他判断的单调，它超然于功利目的，以生命的丰富多样为愉悦的根本，又反衬出伦理判断的狭窄格局。康德穷其一生写了三个批判：《纯粹理性批判》、《实践理性批判》（宗教、社会道德等理性）、《判断力批判》（美学判断）。最后在他写第三个批判时，得出对美学判断的上述结论。

美学有思想内涵吗？有。像福楼拜这样的诗人，有哲学家那样的思想，却不屑于靠逻辑来演绎观念，他孜孜不倦地写作，将思想转换为感性经验，以现象的复杂来丰富思想。哲学家追求的清澈如一泓泉水，而同样的清澈增加千百倍的厚度，却是大海的深蓝。文学的厚重犹如大海的深蓝。大海也会腾起浪花，那浪花既带着海的深邃，也有激荡时的清澈。因其深厚，美学判断在别的判断已经激昂陈词时却延迟判断，将我们对固有伦理的判断复杂化。

在理性判断、道德判断画句号的地方，美学判断往往画下问号，有时以问为答，有时只问而不答，留空白给知音者。

我们读《包法利夫人》，时时感觉福楼拜有意而为之的模糊（ambiguity 是个修辞格），小说因模糊而提出各种充满张力的问题，在问题的后面，隐隐是美学判断深邃的目光：

查理，忠实于爱玛，循规蹈矩，为什么不那么可爱？为什么他不被爱玛所爱？爱玛的追求是激情的，激情中有高尚的因素。可是，一个高尚的人怎能屡屡犯错，一步步堕落？

像郝麦这样的市侩，为什么福楼拜将他塑造为小说中最成功的人？

为什么一再出现的窗口、剧场、教堂、马车、花园、木鞋和盲人等元素，每次出现都令人若有所思，再思考又让我们另有所悟？

一个描写堕落的故事，为什么却给了我们道德说教所不能给的力量？

当然，美学观点各有不同，可互补，又互有张力，甚至相互排斥。例如看重生命之力的美学，便看轻自怜自恋的情感，视之为不美。

又如福楼拜自己并非不欣赏浪漫美学，但他的冷静又让他看到浪漫的误区，因而在冷静和距离中形成了现代主义的小说美学。

各类美学的高下之分，要靠健全的美学评论机制承前启后地研判。西方的美学史、思想史，项背相望，篇章分明，对各种美学都有争论，都有评判，形成了视野开阔的文学批评史。幸好有这样的文学批评史供我们参照和思考。

文学的美学还提出阅读问题。读者读什么，怎样读，自有其取舍与好恶，和书本身的品位可以有关，也可无关。有意无意之间，读者做出的选择也等于公开了自己审美品位的高下优劣。爱玛也是读者，她的阅读习惯是小说中美学判断的一个组成部分。

2 "复合帽"： 布尔乔亚的标志

《包法利夫人》从查理开始，引入布尔乔亚的主题，最后结束在查理和布尔乔亚，这是一个画框叙述（a frame narrative）。所有的事件都落在这个画框里。

先看小说结尾：查理死去，包法利家变卖了所有财产之后，仅剩 12 法郎 75 生丁，沦为赤贫。包法利夫妇的女儿、可怜的小白特，被远房姨妈送到一家棉织厂当童工，是小说最悲惨的一笔。郝麦是布尔乔亚的代表人物，一个真正的恶人。查理死后，郝麦再找不到另一个无能的查理任由他摆布，永镇连续来了三个医生都被他设计撵走，那个知道许多秘密的瞎子乞丐也被他赶走。这之后，郝麦先生在永镇的"主顾多到不可再多，当局纵容他，舆论保护他"。郝麦是大赢家。小说的最后一句话是："（郝麦）新近获得了十字勋章。"（Flaubert，第401页）福楼拜以恶人的成功结束小说，意味深长。

再说小说的开始。小说从查理开始，查理也是布尔乔亚的象征。查理其人，无情趣、无头脑、无主见，永远跟在习惯性意见后面踯躅。他没有郝麦的奸诈，但是和郝麦共有无能的本质。包法利夫妇先安家在道特（Tostes，小说第一部分），搬到永镇（Yonville，小说第二、三部分）之后，郝麦的"帮助"更使查理的无能抵达极致，暴露无遗。爱玛嫁给查理，而查理受制于郝麦，爱玛的人生被"框"在查理加郝麦的布尔乔亚庸俗共同体里面。

爱玛红杏出墙，并非全因自身弱点，也有布尔乔亚的人物和文化对她引诱的因素，例如：勒乐、罗道夫、立昂，还有布尔乔亚的文化以及专属这个文化的廉价浪漫小说。

有种看法很普遍，认为查理那样溺爱妻子，事事迁就她，因此查理没有错，对妻子的忠实无可厚非，错在爱玛不守妇道，让查理戴了"绿帽子"。

这是经典的伦理判断，遵循了何种社会伦理不言而喻。福楼拜的小说抵触这种读法和判断，阻止对查理和爱玛如此轻易的评判。小说的内在逻辑一旦明了，如同听见福楼拜潜在的声音在提醒：先入为主的道德判断未必是道德的，固有的伦理怎么能够解释生命的复杂？

小说的第一句就把少年查理带到我们面前。我们看到了查理，看到的又不只是查理。

李健吾中译本的第一句是这样的："我们正在温课，校长进来了，后面跟着一个穿便服的新生……"[1]（《包法利夫人》，第1页）

《包法利夫人》英译本首推马克思的女儿埃莉诺（Eleanor Marx Aveling，1855–1898）所译、经耶鲁教授保罗·德曼润饰的诺顿定本。埃莉诺和德曼的英文译本同李健吾的中文译本相近，仅有细微差别。英译本的第一句话是这样的："We were in class when the headmaster came in，followed by a new boy，not wearing the school uniform…"（Flaubert，第5页）画线部分直译为中文是："一个没有穿校服的新来的男孩。"

法语原文的这一句却有不可译的成分，而这个不可译，对小说的整体至关重要："Nous étions a l'étude，quand le Proviseur entra，suivi d'un nouveau habillé en bourgeois…"法文画线部分（与英文画线部分对应）直译为："一个布尔乔亚式穿戴的新生。"

法文中"habillé en bourgeois"一语双关：一指穿着平常普通，二指以布尔乔亚方式穿戴。第二个含义点出主题，但直译却有碍小说叙

---

[1] 本书采用台湾书华出版社的李健吾的《包法利夫人》译本。为了更贴近原文的遣词造句，做更细致的文本分析，有时对李译本做了适度的调整和修改，个别段落我根据英译本做了重译。此外，我把 Leon 译为"立昂"，没有采用李译的"赖翁"，因为"赖翁"虽然是原文的发音，却容易让人忘记 Leon 是个年轻人。

述的平实口吻，李健吾于是选择一而牺牲二，给查理"穿便服"，埃莉诺与德曼的选择相同，让查理"没有穿校服"，两个译本都对，然而，说查理当天穿便服或穿校服是字面，福楼拜这里煞费苦心的用字，重点是为了验明查理的正身——他是布尔乔亚。

请注意，在 un nouveau habillé en bourgeois（"以布尔乔亚方式穿戴的新人"）中，"nouveau"也是双关语，既指"新生"或"新来的男孩"，也指暴发的"新富"。法文和英文都有"nouveau riche"的说法，相当于我们说的"土豪"。

帷幕一拉开，登场的是布尔乔亚"新人"。我们对查理的第一印象是：他比的孩子慢了不止半拍，他的沉稳是表面的，可能是掩盖怯懦；他听讲很认真，但并非听得入了迷，周围的孩子都看得出他完全无法进入状态。

老师问查理的姓和名，他"以一种口吃的声音，说出一个让人听不清楚的名字"（李译本，第2页），再问他，"新生下了最后的决心，张开一张老大的嘴，好像叫唤一个什么人，拼命喊出：'查包法芮'"（《包法利夫人》，第3页），无法口齿清楚地说出自己的名字"查理·包法利"。同学们哄堂大笑，连老师也有心折腾他，让他回家将拉丁字"ridiculus sum"（形容词"荒谬的"＋动词"是"）抄二十遍。这等于，让他回家抄写二十遍"我笨"。

在小说讽喻的层次上，老师和同学的取笑寓意深长。查理含混不清喊出自己名字的那一刻，已预告他这辈子一事无成；他一生都在抄写"ridiculus sum"，远远不止二十次。

查理个儿高，样子也不错，却有一种发自内心深处的丑陋。福楼拜着墨描写查理小心翼翼摆在膝盖上的那顶帽子。这帽子——查理"布尔乔亚式穿戴"的一个具体细节，是复合式的，"可以在当中找到熊毛、浣熊皮之类的东西，（这帽子）含有圆筒军帽、硬壳礼帽、软睡帽的成分，总之，属于令人生厌的那一类东西，愚笨的丑陋表达得如此有深度，活像一张蠢人的脸。帽呈卵形，鲸骨撑开，先是三道滚条沿边，然后是一个个丝绒和兔子毛的菱形，用红带子隔开。往上去像个口袋，顶部是硬纸板的多角形，覆盖一层复杂的织绣，垂下一条细细的长绳，用金线拧成几股，而不用流苏。新帽子，帽顶烁烁闪光"（《包法利夫人》，第 2 页，童明修改）。

这顶帽子不伦不类，一层又一层毫无意义的重叠，杂乱无章。制帽人费尽心机要得到美，表达的却是"愚笨的丑陋""活像一张蠢人的脸"。真是不祥之兆。

呜呼，复合帽！哀哉，布尔乔亚！福楼拜没说什么，却什么都说了。他的美学判断由这顶帽子开始。

如果也有深度的丑的话，那就是审美的深度匮乏，精神的深度贫困。（福楼拜也许会这样解释。福楼拜还会说：我没给查理戴绿帽，那是他自己的事，我送他的是一顶合适他戴的复合帽。其实也算不上是送，查理的帽子本来就是他家族的产品。查理的母亲是一个制帽商的女儿。）

复合帽不仅是顶帽子，还是"布尔乔亚式穿戴"的一个具体细节，是布尔乔亚的特征；随着小说情节的发展，我们看到包法利夫妇婚礼上复合式的蛋糕、布尔乔亚社会复合式的话语等，都是复合帽的再现。

遇见爱玛之前的查理，已是布尔乔亚的一分子。他的个人史乏味无趣，福楼拜却写得很有趣。

查理的母亲爱上他父亲一表人才，不顾一切嫁给他。这个父亲长得帅，爱说大话，会挥霍，靠老婆的家产养活，一辈子没干过正事儿。他凭自己"大男孩儿的理想"教儿子一些奇奇怪怪的东西，性格温和的查理完全不得要领。母亲则一味溺爱儿子，袒护他所有的毛病。

查理是个极为平庸的学生，家里逼他念医科，他力不从心，于是整天旷课，下酒馆。医生资格考试，查理惨败，之后拼命复习，拿到"卫生官"（officier de santé）的证书。这个细节很重要：查理日后行医的执照和头衔是"卫生官"，不是"医生"；他只能在小镇上行医，处理简单的医疗情况，经常开的处方包括：镇静剂、催吐剂、洗脚、放血。凭他的能力，本来不会有工作。他毕业后，父母在道特镇（Tostes）给他买下一间诊所，因为那里只有一位快死了的老医生，没有其他竞争对手。接着，他们又为他娶了个媳妇，一个收入可观、年收入有一千二百法郎（后来证明数字灌了水）的四十五岁的寡妇，她"一把干骨头，脸上的肉芽多得像春天的树芽"（《包法利夫人》，第9页），查理对她爱不释手，至少是言听计从。小说开始不久，第一任包法利夫人就一命呜呼了。爱玛，小说的主角，是第二任包法利夫人。

这就是查理。一开始我们就知道他会完全忠实于爱玛，一开始我们就知道此人不可能有任何作为。他和他所处的社会毫无违和感，和所有的布尔乔亚一样了无创意。在生活和工作上，查理都没有任何原创的欲望和能力。谴责爱玛之前，我们先想想：一个有追求的女人嫁给这样的男人，会有精神和心理的满足吗？一旦嫁给了他，不可能离婚，因为19世纪的欧洲不允许女人自己提出离婚。再说，查理也绝不会放手。

查理也有例外的举动。爱玛服毒死后，尽管家境濒临破产，查理却坚持用套棺和最昂贵的礼仪安葬爱妻，这是他唯一的浪漫作为。惊讶之余，我们不免会问：查理用套棺的创意，是否也来自那顶复合帽？

3 追寻"未知的丈夫"

爱玛的美，除了她柔美的女性风韵，还在于她富于梦想的性格。她那种朦胧的精神追求，使她区别于布尔乔亚，也区别于她的丈夫。

爱玛和查理在一起的反差强烈。她随时有内心冲动，而查理静如一潭死水。婚后不久，爱玛就明白她根本不爱查理。在女性不能提出离婚的时代，她的选择只能是：扮演包法利夫人。

罗道夫引诱了她，爱玛曾幻想和他私奔，走出与查理的婚姻。罗道夫抛弃了她，她放弃了再婚的念头，后来她满足于和立昂偷情，越来越堕落。

引诱她的还有郝麦和商人勒乐。郝麦用话语诱使她产生幻想；勒乐用赊账的方法引诱爱玛买下许多衣服饰物，最后逼她走上绝路。

单凭故事摘要，读者还会误认为这是廉价小说的情节，而福楼拜的小说贵在细读的体验。

爱玛这个人物，体现了福楼拜美学判断最复杂的一面。从小说的讽喻和象征意义看，福楼拜至少引入了两个潜在的经典文本，和爱玛的故事编织在一起形成互文：一是《圣安东尼的诱惑》，二是希腊神话普绪喀（Psyche）。

圣安东尼（St. Anthony），公元 4 世纪的一位僧侣，为宗教理想长期苦行而圣化，成为僧侣修行生活的榜样。福楼拜将圣安东尼苦行时受到并一一拒绝的诱惑喻为人类精神升华时要面临的种种诱惑，由此写成《圣安东尼的诱惑》。爱玛的精神追求和她受诱惑的故事，与圣安东尼有相似之处，也有许多不同。比如，她只在极少数情况下选择苦行方式。当然，爱玛的追求、诱惑都发生在布尔乔亚世界里，诱惑她的是各色现代魔鬼。在讽喻意义上，她是女性版的圣安东尼。

普绪喀（"心灵"之意）是少女形象的人类精神化身，又被视为女性灵魂的化身。普绪喀本是凡间女子，她的美貌使爱神维纳斯（Venus）嫉妒。爱神维纳斯使计，安排普绪喀和厄洛斯（Eros，维纳斯之子）在漆黑的宫殿相会。普绪喀在黑暗中爱上厄洛斯并嫁给他，却看不见丈夫的面孔。趁厄洛斯熟睡时她点起蜡烛偷看，蜡油滴在厄洛斯脸上，丈夫惊醒后逃逸，不知去处，宫殿也消失。普绪喀四处寻找丈夫，历尽艰辛，终于和厄洛斯团聚。普绪喀的故事和爱玛的经历融合在一起，小说的讽喻意义又深一层。

读者常会问，爱玛到底要什么？有一点可以肯定，爱玛不是追求物质的女人；她会理家，却不会理财，这符合她的浪漫性格。查理确实给了她小康的生活，但查理不是她的精神伴侣。爱玛要的，她从查理处一无所获。

爱玛的婚姻由父亲卢欧老爹撮合。她也曾寄希望于查理和婚姻。婚后，她和查理离得越近，就越感觉到两人之间无法逾越的鸿沟。假设查理的"视线有一次和她的思想遇到一起"，她就会从心里"涌出滔滔不绝的语言"（《包法利夫人》，第 41 页）。可是，"查理的谈吐和街上的走道一样平板，人人的观念穿着日常的衣服在上面熙来攘往"（《包法利夫人》，第 41 页，童明修改）。爱玛希望丈夫能给她精神的启迪，可是"这个人呀，他什么也不会教，什么也不知道，什么也不希望"（《包法利夫人》，第 42 页），于是，爱玛开始想象"那另外一种生活，那未知的丈夫（unkown husband）"（童明依据英文版修改）。

谁是那"未知的丈夫"的原型？厄洛斯。那么，爱玛就是现代的普绪喀。她的追求与普绪喀相似，不同之处在于，普绪喀找到了厄洛斯，爱玛没有得到过爱。

起初，爱玛对"未知的丈夫"的向往是精神性的。少女爱玛在修道院接受早期教育的时候，她的"未知的丈夫"是天上的王子，耶稣基督是他的名字。耶稣是让爱玛产生超凡之爱的第一人。

修道院内的气氛，恬静而高亢，宗教礼仪徐徐演绎着天国的狂欢。农夫的女儿爱玛"渐渐沉湎于圣坛的馥郁、圣瓶的鲜洌，蜡炬的光耀所散发的神秘的惝逸。她不谛听弥撒，看着天蓝镶边的圣画，爱着生病的羔羊、利剑穿过的圣心，爱着可怜的耶稣倾颇在十字架上……为了多逗留一些辰光，她编造一些小小的过失去忏悔，跪在阴影里面，双手合十，脸贴住栅栏，听牧师呢喃。布道时候常常说起的比喻，例如未婚夫、丈夫、天上的爱人和永生的婚姻，在她灵魂的深处激起意想不到的甜美"（《包法利夫人》，第35—36页，童明略改动）。

爱玛并非严格意义上的天主教徒。如此氛围之中，她在耶稣的形象里寻求的并非宗教，而是朦胧的精神追求与激情表达的混合。

4　被别人的欲望所左右的欲望

诗意情怀的爱玛，善编织，富想象。不过，想象力这件事，可以是低层思想的收留所，也可以是高尚思想的家园。爱玛的思想高高低低，都留驻在想象力的领地，懵懂中所编织的梦，难免还是复合帽。福楼拜使用意象准确而连贯。

爱玛本能上的一点高贵，在于她从本能上厌恶庸俗。立昂第一次和她对话时，只是想把她骗到手，顺着她的想法编造，哪里有真情实意。立昂说，他格外喜爱诗人，"觉得诗比散文温柔，比较容易感人下泪"。这样谈诗，立见其浅薄。爱玛虽也有浅薄的一面，但她的回答，道出她和立昂之类的根本不同："我憎恨平庸主人公中和的感情。"（《包法利夫人》，第88页）

爱玛的判断力只是偶尔能够自主。她为什么一错再错，错到连性命也搭上了？纳博科夫如是答："一个浪漫的人，精神和情感上生活在不真实里，可深刻，可肤浅，取决于他或她思维品质之高下。而爱玛……有一个浅薄的头脑。"（Nabokov，第 132 页）纳博科夫前一句话是对的，他的后一句也许道出了爱玛的表征，但是他几乎把爱玛和郝麦相提并论，分析就显得粗糙。所谓粗糙，是相对于福楼拜美学判断的细腻。

"浪漫"是个语义复杂的词。纳博科夫提供了一个可算准确的基本定义："（浪漫）以梦想的、想象力的思维习惯为特征。"（Nabokov，第 132 页）

必须肯定，浪漫所倚重的想象力，正是艺术创造的基础。没有想象力就没有艺术。同样，没有想象力的人倾向于庸俗；没有形而上生活的文化显得苍白。查理、郝麦、布尔乔亚，都是如此。

福楼拜的美学判断其实是肯定浪漫这一基本特征的，但他看到：浪漫主义是把双刃剑。他叙述爱玛的浪漫导致盲目和堕落的详细过程，揭示浪漫主义的误区，对美学判断做了现代的更新。简言之，有两点。

其一，福楼拜质疑柏拉图式的纯精神性追求。以"洞穴的讽喻"（Allegory of the Cave）为例，柏拉图将肉体和精神分离，把现实和肉体看作洞穴里的黑暗，暗示走出洞外，才能看到光明，实现理想。柏拉图喻现实、肉体为黑暗，喻理想、精神为光明，听起来有些道理，这个将精神和身体分离的二分法因此一直被当作真理。到了 19 世纪，柏拉图的这种哲学思想陷入危机。不少现代的思想家认为，现实和理想、肉体和精神，不可一分为二。爱玛的浪漫想象，到了看不清现实、逃避现实的地步，也陷入柏拉图哲学式的危机。福楼拜的美学判断，有纠正柏拉图纯精神说的意图。

其二，浪漫情调，如果没有自主产生的清醒，会被别的力量绑架而变质，甚至堕落。如果走入极端，简直是"魔鬼附身"。

第一点比较容易理解，第二点需要解释，可借用基拉尔（René Girard）的理论说明。基拉尔研究欧洲现代文学经典作品时，发现里面有一个关于"欲望"的美学法则，称之为"三角欲望"。"欲望"是个中性词，包括情欲，却不限于此。其基本意思是，想要什么，追求什么。欲望的规律并不简单。"我爱你"，如果是发自内心的欲望，可用直线表述："我"——"你"，这是"你""我"双方发自内心而且能够自主时的欲望。但是，如欧洲经典作品所示，当一个"媒介"出现并左右"我"对"你"的欲望的时候，欲望过程应该用三角形来表述：

"我"的欲望通过虚线经"媒介"到达"欲望对象"，就不是"我"自然而然的欲望，而是别人的欲望替代"我"在欲望。

举一个日常的例子说明。我本来对某一款领带根本不感兴趣，但是天天看这款领带的广告，才想到要买一条。领带的广告就是我欲望的媒介，我买领带的欲望是媒介（广告）所左右的欲望。

媒介（mediator）在这里并不是今天的媒介，它的定义是一个模式，或几个模式的混合。模式即概念，可以表现在广告里，也可以是书籍、报刊的信息、通行的观念、流行的叙述，或某种文化、某个意识形态。

重复一遍：这种三角式欲望、经过媒介的欲望，实质是别人的话语在左右"我"的欲望。

欲望的媒介或简单，或复杂。爱玛的媒介较为复杂。出于天性，她喜欢和当下环境相反的东西：生活在乡村，向往大海的狂风暴雨；若在海边，又会向往乡村的恬静。这是爱玛欲望中比较自然的一部分。不过，因为她不能成熟地思辨，欲望很容易受别的东西（媒介）左右。因为她不能完全自主地思想，爱玛不是个好读者，甚至是糟糕的读者。

左右爱玛欲望的媒介为复合型，由若干要素构成。前面提过，她在修道院受到过宗教艺术的感染，这是她欲望媒介的一部分。

另一方面，爱玛在修道院也毫无辨别地读了大量低劣的小说。这些小说"里面说到的是爱情，情男、情女，晕倒在寂寞的亭榭的落难的命妇、每站遭害的驿夫、每页倒毙的骐骥、阴森的森林；心痛、誓言、呜咽、泪与吻；月下的小艇、树丛的夜莺；公子勇敢如狮，温柔如羔羊。道德非人所能，衣饰永远修整，哭起来泪如泉涌"（《包法利夫人》，第 37 页）。如此的"爱情"描写，与"天上的情人和永生的婚姻"不是一回事，却同样使令爱玛感动不已。

爱玛也读司各特的浪漫历史小说，梦想着古旧的箱柜、侍卫室、乐师、古老的宅院。

婚后，她订了些专以女性为目标的浪漫杂志，一字不漏地吸纳所有的信息，包括所有的演出、赛马、茶会、歌坛新秀、上等裁缝的地址。她还买来巴黎市区的地图，用手指在地图上走，闲游于每条街巷，想象巴黎上层的豪华生活。她什么都读，只要和她现在的生活不同的，都感兴趣。

她和查理一起的生活无聊至极。爱玛的性格是不会满足于无聊生活的，而查理对无聊的生活却能心满意足。这正是爱玛不爱查理的原因。硬要说爱玛不忠诚，意味着否定爱情应该是婚姻的基础。爱玛的问题，不在她该不该满足于和查理一起生活。从美学判断审视，爱玛的问题之一，是她热衷的读物反映着当时拜物拜金的布尔乔亚的风气；其中所谓的浪漫情调，赚人眼泪，是足以麻痹自主思想的毒品。悲伤就雨、高兴就晴的书，既不是好书，也不是真实生活。

爱玛审美力不足，不懂得需要和书中的人和事保持距离。没有适当的距离，容易被读物所洗脑、所控制。19 世纪的法国女子受教育机会有限，爱玛的教育也是支离破碎，未能形成完整的思辨结构。自主能力不足，爱玛的浪漫主义就成了高尚和庸俗的混杂。这种奇怪的混杂又让我们想起那顶复合帽。

爱玛的复合式媒介，可比作她在写的一本杂乱无章的"小说"，那本一直在写却一直写不完的"小说"。事实上，爱玛除了情书和借据，并没有写别的。她虽然没有成熟的写作能力，却买了一套精美的书写用具。所谓"小说"（因为福楼拜有所提示），是她在头脑里不断想象的无序书写。凭了先天不足的直觉，爱玛随时将一些人物、形象、风景、氛围添进她的"小说"。一个糟糕的读者怎么会是好的作者？

为了说明爱玛被挟持的欲望如何混乱和荒唐，福楼拜着重描写了这样一个场景。有一天，她和查理受子爵之邀请参加派对，爱玛和子爵共舞，恍若重温书中梦境。读者爱玛一旦"验证"梦境的存在，作者爱玛便把梦境中的子爵写入她的"小说"。然而，很久以后，当爱玛失魂落魄地走在街上，子爵的马车如风疾驰，擦身而过，怒吼的子爵和她"小说"中温柔的子爵判若两人。

在永镇，她"爱"上立昂，未及亲近，后者去了巴黎。情欲催生想象，立昂成为幽灵，俨然以救美的英雄形象进入她的"小说"。尔后，她和立昂长期偷情时，发现立昂不过是稍微聪明些的查理。

爱玛向往"未知的丈夫"，起初的对象是耶稣，是天上的王子，永生的婚姻，后来却是专门玩女人的罗道夫，是无智无勇的"小资"立昂。为什么会有如此的天壤之别？迷惑爱玛的欲望，使她的"小说"越写越糟的，是混淆了高尚和庸俗的布尔乔亚的文化。

行骗的罗道夫、立昂之类，嗅觉特别灵敏，能很快察觉爱玛的无序"小说"，利用其中的情节、形象、词汇、比喻诱惑她，利用她的复合媒介诱惑她，进而达到自己的目的。

罗道夫和立昂性格不同，忽悠人的策略各异。罗道夫利用爱玛对布尔乔亚反感的一面投其所好，立昂则在她面前朗读低劣小说的词句。两人的钓猎，各有所获。

爱玛和立昂的私情堕落到极点时，她的媒介便暴露出自相矛盾之处。爱玛每次和立昂约会回来很晚，把查理赶到三楼，自己在房间里通宵达旦读那些"俗不可耐的小说，那些放荡不羁、暴力、流血的情节"（童明译，参照《包法利夫人》，第 329 页）。"有时候，奸淫重新燃旺她内心的火焰，她分外炽热，喘吁着、悸动着，充满了欲火。"（《包法利夫人》，第 329 页）低劣的小说完全支配了她的欲望？福楼拜笔锋一转，接下去写道："她打开窗户，吸进冷空气，她过分沉重的头发在风里散开，<u>仰望繁星，她渴望一位王子的爱</u>。"（《包法利夫人》，第 329 页，画线部分依据英文版重译）

这位王子，是爱玛在修道院爱上的天上的王子，和前面低劣小说的情节形成强烈的反差。如今，天上王子的形象在爱玛心里已经模糊。他象征爱玛当年朦胧的精神追求，如今这心愿已随风而去。风很大，吹散了她的长发。

福楼拜专心创作《包法利夫人》达五年多（1851—1857）。这期间，他常写信给情人路易丝·科莱（Louise Colet）。1853 年 12 月 23 日的深夜，他在信中谈到创作爱玛和罗道夫骑马的一节，说他替爱玛"做爱"累得精疲力竭，不禁感慨："这究竟是夸大的自我满足欲在恣意横流，还是真的是一种朦胧却高尚的宗教本能？"（"Letters about Madame Bovary"，*Madame Bovary*，第 308 页）

这种"模糊"也是爱玛的性格。她的欲望和行为时而高尚，时而庸俗，时而二者兼有之。

爱玛的复杂可归于欲望的复杂、欲望媒介的复杂、阅读的复杂、故事创作的复杂，件件涉及美学判断。福楼拜在爱玛的读书、读人、"写作"、别人读爱玛、别人读爱玛的所读所写等的情景之中，耐心地找出了现代美学和浪漫美学的区别。

5　永镇的布尔乔亚们

永镇，一个虚构的地点，地处法国诺曼底的某个山谷之底，一条小河流过山谷，驱动三家水磨坊。远看，河水似一条白线将左侧的草原和右侧的农田切分开来，宛如一件摊开的大斗篷，镶着银边的绿绒领子。在永镇，"语言没有高低，正如风景没有性格"（《包法利夫人》，第 72 页）。就连永镇产的奶酪也是诺曼底地区最差的。

永镇只有一条街，站在街头打一枪，子弹直达街尽头。这地方虽小，却样样俱全：民舍、酒坊、教堂、商店、金狮客店、公墓。镇上最刺眼的要数郝麦的药房，门面上的招牌和广告，用右斜字体、圆字体、印刷字体，花花绿绿写满药品和商品名称，招牌上用金字写着"郝麦，药剂师"，门上金字黑底，又重复一次"郝麦"。看懂了吧，这是复合帽的变形。

若论有"资"，永镇当数罗道夫。他的庄园在镇外，和镇上所有人保持远远的距离。

福楼拜把布尔乔亚们聚集在这弹丸小镇（而不是巴黎或鲁昂），

其中可有道理？前面提过：布尔乔亚最早的词义，是村镇上的人；在 19 世纪的通行语里，布尔乔亚不仅指"大资"，也指大嗓门的土豪爷们儿。住在永镇的布尔乔亚人，同住在大城市的布尔乔亚，同宗同族。

勒乐，时时光顾爱玛的布帛商，是诱惑"安东尼"的又一个魔鬼。你不需要他的商品，他会尽力说服你，给你个甜美的说法，如果行不通，就再换个说法，送点儿免费的礼物，培养你对他商品的欲望。这个过程恰恰和审美无关。他要免费送给你的是商业概念，是欲望的媒介。勒乐也读得懂爱玛的"小说"，他以各种商品烘托爱玛的浪漫气氛，增添她小说的"素材"。勒乐太乐意赊账了，因为他借的是驴打滚的债，一来二去，你就无法偿还，任凭他掠取你的财产。勒乐是逼死爱玛的直接原因。

在晚期资本主义的今天，勒乐的身影依然到处可见。其中一例，就是银行利用信用卡制造"卡奴"，高利贷所逼，跳楼、烧炭、投河的卡奴并不少见。爱玛是 19 世纪的"卡奴"。

法语里，"勒乐"的意思是"快乐的人"，译为"乐乐"也很贴切。这是个祸害别人的乐乐。被他骗的人，如爱玛，短暂间会感到快乐，然后坠入地狱。在布尔乔亚中，他是快乐和痛苦的制造者。

而罗道夫则是伊甸园的那条蛇，诱骗爱玛的手段独具一格。玩弄了爱玛之后，蛇从容爬回洞里。这条蛇有一种孤傲高冷的气势，误被爱玛当作高贵。

现在说说永镇布尔乔亚社会的头面人物：郝麦。

法文里"郝麦"的意思是"人"。此人霸居现代社会高位，是贬义的"现代人"。

包法利夫妇抵达永镇的首日，郝麦先到了金狮客店。他建议女东家买台新桌球台，他的开场白是："我们必须跟上时代。"很有点进步人士的口吻。套用后来的时尚语言："我们必须与时俱进"，岂不更形象。

郝麦的职业是药剂师，应以减缓病痛为己任，和科学沾了一点边。可是他自诩科学家、历史进步的代言人、社会活动家，用诸多耀眼的身份获取利益。就这样，郝麦最终垄断了永镇的医疗，变身为永镇的头面人物。（诸位，最近见过郝麦先生吗？）

郝麦倒是很想以医学权威自居，无奈他只有药剂师的执照。他曾非法行医，吃过官司，差一点有牢狱之灾。之后，他收敛了不少。他心里盘算，查理到永镇是他的一个机会，可利用查理的无能和懦弱，推广他的科学进步现代观，其实是推销自己。

郝麦和查理，两个无能相加等于什么？——双倍的无能。为显示他是现代、科学和进步的代言人，郝麦纵容查理给马夫伊包里特（Hippolyte）做手术，把本来功能尚好的瘸腿拉直，然后炫耀自己，颂扬"进步"。查理如何能胜任这样的手术？手术彻底失败，伊包里特被截肢。

布尔乔亚中自我感觉良好者众多。仔细思考，查理对爱玛的迷恋并不是对妻子的理解和欣赏，而是出自愚钝的自我满足。爱玛得的是心病，查理浑然不知，所以任凭郝麦进言，提供如此那般的"科学"治疗建议。罗道夫以骑马为由和爱玛偷情，查理以为骑马有益健康，居然附和应允。

爱玛为了自己的心病，去教士那里寻求"不是人世的药"，偏偏这位教士只管人间烟火，和查理一样不懂得人会有精神的痛苦。

爱玛服砒霜之后，药剂师郝麦和卫生官查理两个脑袋凑在一起，几个小时也想不出一点办法。真正的医生拉芮维耶（Lariviere）大夫赶来时，质问他们：为什么不把指头伸进爱玛的喉咙催吐？现在要救爱玛，已经太晚。

福楼拜让我们观看的这一出又一出的荒诞剧，围绕着同一主题：布尔乔亚的无能，倒是足以杀人。

郝麦一开口，言如其人。他罗列一长串启蒙运动大人物的名字，以证明他有现代的宗教观，可是他的罗列没有重点，没有逻辑，中间还夹杂粗话，对《圣经》故事的解释俗不可耐。郝麦当众宣告："我的上帝，我真正的上帝，就是苏格拉底的上帝、富兰克林的上帝、伏尔泰的上帝、白朗翟的上帝。"（《包法利夫人》，第80页）

听不懂他在说什么？因为他语无伦次，因为苏格拉底、富兰克林、伏尔泰、白朗翟，各有各的宗教观，放在一起风马牛不相及。

在郝麦嘴里，布尔乔亚的复合帽幽灵再现。在郝麦嘴里，启蒙运动的宏大叙述——如科学、理性、进步——全变成笑话，只是让人笑不出来：启蒙话语本来基于人的尊严，怎么到了19世纪，就成了布尔乔亚的玩物和法器？

郝麦给他的孩子取名也离不开宏大叙述，四个娃儿分别叫：拿破仑（Napoléon，代表光荣）、富兰克林（Franlin，代表自由）、伊尔玛（Irma，代表浪漫）、阿达莉（Athalie，悲剧中的英雄）。

哈姆雷特那句名言"生，还是死，是问题所在"，郝麦不知何意，听到了却无比兴奋，四处向人转告："这是某某记者新近创造的语言。"

郝麦的任何知识，都来自报纸、宣传册子。如果郝麦生活在今天，仍然是个不读书只听传闻的主儿。也正是这个郝麦，时常给当地报纸撰稿。

郝麦为什么纵容查理给伊包里特开刀治跛脚？不是因为他对伊包里特有丝毫的同情。他从报上读到一篇所谓新疗法的文章，马上想到自己是进步理念最忠实的信徒，一定要与时俱进，于是去劝说爱玛。爱玛正为自己和罗道夫的私情内疚，想给查理一个机会让他证明自己不是无能之辈，爱玛也好因此有点精神寄托，跟查理继续过日子。爱玛"指望依靠的，只是比爱情更为坚固的东西"（《包法利夫人》，第 193 页）。于是郝麦和爱玛一起来劝查理，虽然查理根本无力做这个手术，"也就依从了"（《包法利夫人》，第 193 页）。在这些人的盘算里，完全没有顾及的是伊包里特的痛苦。

手术刚结束，郝麦已经为当地报纸拟好一篇文章，那语言气势磅礴，却空洞而虚伪，对启蒙运动的宏大叙述是莫大的讽刺。请欣赏郝麦的这一段言论："偏见虽然像一张网，覆盖欧洲大部分的土地，光明开始深入我们的乡村。就在星期二，在我们永镇这小地方，居然有一次外科手术，同时也是最崇高的慈善活动……以往迷信所赐予少数几人的事，今天的科学为所有的人做到了。"（Flaubert，第144—145页，童明译自英译本）

（诸位，最近见过郝麦先生吗？）

手术彻底失败。喀尼外（Canivet）大夫，真正的外科医生，被请来补救，见到手术的恶果：伊包里特的腿一直腐烂到膝盖，截肢是唯一的选择。喀尼外大夫气坏了，摇着郝麦大衣上的纽扣，骂他个狗血淋头。

福楼拜不愧是美学判断的天才。他把永镇的布尔乔亚们统统请到金狮客店，让他们围着木桌就座，轮番发表愚蠢的见解，再把这些人的话按音乐的高低强弱编排起来，写成毫无意义的音乐式笑话，相当于莫扎特的《音乐的戏谑》（*Ein Musikalishcer Spass*）的文学版。莫扎特这个四个乐章的作品，嬉笑怒骂，讽刺当时的末流作曲家，模仿他们的各种陈规俗套，"每一乐章所用曲式均如绳捆索绑，毫无转圜余地"（上海音乐学院音乐研究所，第516页）。

爱玛受布尔乔亚们的诱惑和欺骗，面对魔鬼现形，她本应该是圣安东尼。但，她毕竟不是。

爱玛死了，布尔乔亚们都来参加葬礼，一一谢幕。小说主角的生或死，自然是作者的决定。福楼拜对爱玛又爱又恨。我们读《包法利夫人》，读到爱玛着迷地阅读那些低劣的书，或许会感到福楼拜站在她身后轻声叹息：你读错了，你怎么又读错了。口吻应该是因爱而怨。既然如此，为什么要让爱玛服毒而死，让包法利家彻底破产？

福楼拜以不答为回答，我们却必须思索而求解。或可这样判断：爱玛因别人的欲望而欲望，欲望越强烈，越远离自己的追求。有普绪喀之初而无普绪喀之果，浪漫主义顺爱玛之路发展，失去自主判断，误入歧途。

为什么让郝麦获得十字勋章？为什么以郝麦获十字勋章作为最后一句话结束小说？

一个市侩获得荣誉不是常见吗？而且，作者让一个恶棍迅速超凡入圣，是何等的蔑视和愤慨，在小说的尾声处无声激荡。

6　期待福楼拜的世纪

1857 年，第二帝国的法庭起诉福楼拜，公诉状提出两项罪名——小说《包法利夫人》"败坏公众道德""败坏宗教道德"。公诉人依据道德判断指控，福楼拜和他的辩护律师仅根据公诉人的道德判断做道德式的辩解。

如果做美学的解释，是非岂不更明？然而，福楼拜在私人信件里向波德莱尔倾诉：当时的法兰西只有波德莱尔和少数的人懂得《包法利夫人》的真谛。福楼拜没有指望小说的美学判断会马上获得广泛的理解。他知道必须摆脱官司的纠缠，让《包法利夫人》流传于世。他对官司没有什么耐心，但对自己的美学判断最终能获得理解，他有足够的耐心。只要小说能出版，不妨把这件公案留给后世。

福楼拜比波德莱尔的运气要好一点，第二帝国的法庭宣布他无罪，他赢了官司。

福楼拜真正的赢，他的大赢特赢，是在以后的日子里，他的以后即我们的今天。今天，《包法利夫人》成为现代文学的范本，是西方人教育中不可或缺的一本书。

再以后，今天的以后，《包法利夫人》的价值是什么呢？昆德拉在一次演讲中说："以后的世纪（21世纪）是福楼拜的世纪。"希望这番话不会止于希望。

布尔乔亚的时尚、爱玛式的浪漫，伴随现代化而来，是现代美学必须廓清的问题。"五四"以来，中国文化在浪漫情调里长久地缠绵，还没有断浪漫的奶水。如今，世界意义上的现代化终于抵达中国，"资资"有味的时尚也接踵而至，郝麦们也来了。我们看到，郝麦们滔滔不绝，活像福楼拜小说里写的模样。那么，他们知道福楼拜的美学判断吗？

知道怎样，不知道又怎样？郝麦们继续滔滔不绝，他们是不看福楼拜的。

陀思妥耶夫斯基

车尔尼雪夫斯基

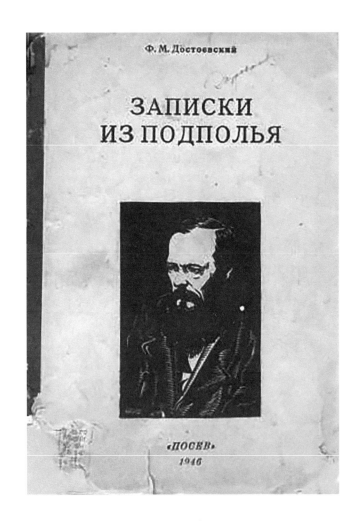

《地下室手记》书影

19 世纪的圣彼得堡

19世纪的圣彼得堡涅瓦大街

弗里德里希·尼采

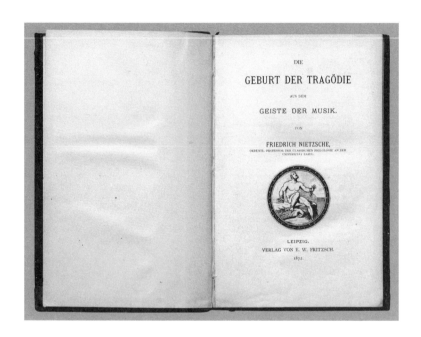

《悲剧的诞生》德文初版书影

古希腊剧场，埃皮达鲁斯遗址

古希腊剧场，狄俄尼索斯遗址

尼采墓碑

俄罗斯篇

陀思妥耶夫斯基的独到之处，在于他『刻画了人类灵魂的所有层次』，昭示人性的方方面面，让对话的主体在冲突之中，激荡情感和思想，呼应往返，成为音乐式的复调。气势恢宏的陀氏不是制作了钻戒，而是成就了金字塔。

陀思妥耶夫斯基借地下人做人性告白，是对体系现代性以及与之相关的现代乌托邦宏大叙述的有力反驳。小说的人物和叙述何其羸弱，宏大叙述何其强势，而以弱却可攻强；地下人看似渺小、现代体系何其庞大，以小却敢抗大。这『弱而小』的文学策略，如同草木的生命力，随时间延展而生生不息，终可胜出。

运用理性设计一套秩序的人，只是让一部分人的欲望或愿望合理化。这样一来，理性成为侵犯他人的借口。文明因践踏人性而成为野蛮，这样的事例比比皆是。

『人太喜欢体系和抽象的推算，以至于他可以任意扭曲真相，可以为了证明他的逻辑合理而否定他的所见所闻。』（陀思妥耶夫斯基）

第五章

欧洲现代化和彼得堡幻想曲

1 见证陀思妥耶夫斯基

可称为优秀的现代文学家有许多，而恰当地评价陀思妥耶夫斯基唯有用"伟大"二字。

1887年，尼采得到一本法文版的《地下室手记》，读后感触良多，说："他是唯一有教于我的心理学家。"尼采见证了陀思妥耶夫斯基探索人性的深刻。

1930年，英国小说家 D.H. 劳伦斯给《宗教大法官》（*The Grand Inquisitor*）英文版作序时告白，他前两次的阅读虽然被其吸引却不解其意。再读之后，顿悟而受震撼：原来耶稣吻大审判官，阿廖沙吻伊凡，他们彼此获得的，加起来就是人类最大的秘密（Lawrence，第90–97页）。劳伦斯见证了陀思妥耶夫斯基对人类精神史的伟大贡献。

20世纪，俄国理论家巴赫金毕一生之功写成《陀思妥耶夫斯基诗学问题》，以"对话性主体""复调小说"等概念阐释陀氏小说形式的哲学意义，说明陀思妥耶夫斯基不是哲学家却胜过哲学家。巴赫金的理论使陀思妥耶夫斯基研究获得一个新的制高点。

20世纪以来，见证陀思妥耶夫斯基伟大而深刻的读者和评论家不计其数。21世纪呢，陀思妥耶夫斯基的价值和意义还在继续吗？

2014年，我在上海一次国际学术会议上作主旨发言时提到，陀思妥耶夫斯基的《地下室手记》批评车尔尼雪夫斯基的《怎么办？》，为的是揭示建立在不通人性基础上的乌托邦社会不仅虚伪而且危害极大。听到这一段，当时与会的俄罗斯高尔基文学研究所所长和两个同事产生了共鸣，专门过来与我交谈。他们认可我的解读，并且补充：俄国人一再重温并思考陀氏和车氏过去的这场争论，因为苏联乃至20世纪的历史，证明了陀思妥耶夫斯基预言家的眼光。据我所知，我们的父辈和我们这一代，许多人不知道《地下室手记》的内容，不知道陀氏和车氏的那场争论，反而有人至今视车尔尼雪夫斯基的《怎么办？》为真理，梦迷于其中。

2　俄罗斯和现代化的欧洲

广袤寒冷的冰雪大地、古朴厚重的东正教传统，孕育了俄罗斯既属欧洲又不同于欧洲的文化性格。人类都有的缺点，俄罗斯人也有，不过，若论俄罗斯人的长处，应该包括他们看重人性，看重文学和艺术，看重高贵，看重承诺，相信善恶可以相互转换的特点。

19 世纪的俄罗斯依然贫穷落后，负载沉重。已经现代化了的欧洲，想一想距离很近，想一想又距离遥远。对于俄罗斯人（尤其是俄罗斯的文学家），欧罗巴好像是亲戚。于是，一些俄国的思想精英，秉承自己的性格来感应隔壁欧洲的启蒙，以此来应答现代的文化，不无亲情，也不失自信。

19 世纪最大的文学奇迹发生在俄国。仅仅在两代人的时间里，俄罗斯产生了普希金、果戈理、陀思妥耶夫斯基、托尔斯泰、莱蒙托夫、屠格涅夫、契诃夫等一批最优秀的世界级文学家，用文学锻造了俄罗斯的现代灵魂。

观其贫穷落后，道路之坎坷，命运待俄罗斯如此严酷；论其文学优秀，伟人之辈出，命运对俄罗斯又何其眷顾。19 世纪俄罗斯文学兴旺发达的后面，有一种特别的精神。

陀思妥耶夫斯基觉得，俄罗斯精神和欧洲精神相互竞争，相互融合，可成就世界性的俄罗斯精神。他在著名的《普希金》一文里写道："欧洲各国人民并不知道我们是多么重视他们……将来的俄罗斯人，无论男女老幼全都会明白，要做一个真正的俄罗斯人，意味着要彻底调和与欧洲的矛盾。"他说，如果欧洲现代化指向的只是经济、刀剑或科学的成就，那不算真的进步；俄罗斯精神若真的可裨益于世界，其贡献应该是"人类的博爱，是俄罗斯那颗向着全世界和全人类兄弟般的团结的心"（《陀思妥耶夫斯基散文选》，第 229 页）。

这段话唤起这样的画面：陀思妥耶夫斯基轻轻搁下笔，抬头看窗外的雪景，窗沿上的一只鸽子"腾"地飞开，远处的教堂传来缓缓的钟声。

陀思妥耶夫斯基对新的俄罗斯精神有十足的自信。他以《安娜·卡列尼娜》为例，认为"当前欧洲文学中没有一部作品可以与之匹敌"，原因是托尔斯泰这部倡导俄罗斯"新语言"的小说，在探究人类认罪和犯罪的问题时，进入"科学所无法探测"的人类精神（人性）法则，比起欧洲那盲目和强制立法的科学手段，这要优越得多（《陀思妥耶夫斯基散文选》，第162—169页）。

到了20世纪，欧美人逐渐理解了这种俄罗斯精神，陀思妥耶夫斯基被尊为西方现代文学的先驱。不过，欧美用心理分析和存在哲学来解释陀氏对现代文化之重要，未必能把陀氏对人性的理解讲透。陀氏并非存在哲学的代言人，存在主义式微之后，陀氏的作品仍然生生不息。

在近几十年来的评论中，巴赫金的"对话性主体"说让我们看到，陀氏彰显了前人未能昭示的人性篇章和思维领地。（Bakhtin, *Problems of Dostoevsky's Poetics*）在主体等问题上，巴赫金的理论使陀思妥耶夫斯基同后现代理论发生了联系。

陀思妥耶夫斯基和后现代发生关联，并不是完全因为巴赫金。对于欧洲启蒙形成的现代体系，陀思妥耶夫斯基的批评超前，早已做了后现代式的思辨（如《地下室手记》）。

19世纪以来，指责陀氏落后保守、心理阴暗的声音也不绝于耳。这种指责，很大的程度上是因为对启蒙体系的光明进步之说被不假思辨地接受。

用尼采的话反问：看到影子就是心理阴暗？难道阳光下没有影子？思想难道不是在影子里产生的？影子里萌生的思想难道不热爱光明？陀思妥耶夫斯基在《地下室手记》里讲同样的道理："光明"之说的盲目在历史上一再地制造黑暗。

尼采、陀思妥耶夫斯基的反讽，不是冷，而是热，因为出自博爱。

纳博科夫曾说陀氏的文字不够精美，代表了另一种负面意见。长于雕琢文字的纳博科夫精于美学，不过他认知的美学不能算全部的美学，更不能成为否定陀氏美学的理由。

陀思妥耶夫斯基的独到之处，在于他"刻画了人类灵魂的所有层次"（陀氏语），昭示人性的方方面面，让对话的主体在冲突之中，激荡情感和思想，呼应往返，成为音乐式的复调。这样，气势恢宏的陀氏不是制作了钻戒，而是成就了金字塔。

钻戒有粗糙的表面，肯定是瑕疵；而金字塔斑驳粗糙，却是金字塔的本色。

陀思妥耶夫斯基作品之所以摄人心魄，在于他直视人性的复杂，有勇气担当起人性最大的可能性。他的小说人物，如承受巨大道德负担的拉斯科尔尼科夫（《罪与罚》的主人公），生命观相异却彼此相容相敬的卡拉马佐夫兄弟们，都在明示或暗指：要担当人性的最大可能性，必须有博爱。博爱，一种超越有神无神之争的宗教感，傲居金字塔的塔尖。

木心曾把陀思妥耶夫斯基代表的俄罗斯文学比作棉被，非常贴切。

寒冷的冬夜里，盖上晒过的棉被，闻着渗进棉花里的太阳气味，温暖无比。棉被没有什么温度，之所以暖，因为贴近人的肌肤，恢复人的体温。棉被使人感受到的，其实是自己的体温。俄罗斯伟大的文学家，如果戈理、普希金、托尔斯泰等，都有棉被的品格。

写过短篇小说《外套》的果戈理，喜欢用俄式外套做比喻，表达了和棉被一样的寓意。陀思妥耶夫斯基说得有趣："我们都是从果戈理的外套里面钻出来的。"

中国人的道路曲折艰难，容易亲近棉被或外套似的 19 世纪俄国文学。以 19 世纪的俄国和 20 世纪 80 年代之前的中国相比照（而不是 20 世纪的中俄对比），可发现两个民族的精神史有个根本性的相似，即：不发达状况下的现代化，都包括了对发达的欧洲现代化的想象，由此想象而萌发的意识之丰富，几乎是一门特殊的精神现象学。

19 世纪，欧洲各国迅速现代化的时候，俄国只有初步的经济现代化，但对现代化的欲望一直旺盛不衰。1812 年，拿破仑兵败莫斯科。之后，大批俄国贵族和军官到了欧洲。他们亲眼所见，巴黎、伦敦、柏林是另一样的世界。欧洲的现代化，鼓舞了俄国反专制、反农奴制和追求民主的社会变革。

但是，欧洲启蒙产生的现代价值体系，虽然是现代世界文明的方向，也有它的历史盲点。波德莱尔在奥斯曼时代的巴黎，比较直接观察到体系现代性的某些问题。而对许多俄国人来说，这种现代体系带来更多的是幻想。

幻想和现实的交融或交战，呈现为俄罗斯文化意识中的特殊"现代性"。19世纪俄国文学中各种的幻想曲，也有对欧洲启蒙不同的应答。

有些应答，只见启蒙的正面价值而忽略启蒙的负面。对欧洲现代体系过于浪漫的幻想，产生了看似符合理性却有违人性的现代乌托邦。

有些应答，基于静观细察。陀思妥耶夫斯基到欧洲各地去，静观第二帝国时期巴黎繁荣之下的潜流，细察水晶宫阴影之下伦敦贫民的生活。他的所观所察，有波德莱尔那样精准犀利的眼光，回到俄罗斯后写成一批散文，尤其《冬天所记夏天的印象》，是冷静之作。

陀思妥耶夫斯基对人性多面的思考，是他质疑启蒙体系现代性的特殊角度。在《地下室手记》里，他针对车尔尼雪夫斯基代表的思维，做反乌托邦的理想净讼和人性告白。陀氏、车氏的两部小说，分别代表了对现代的两种看法，到了20世纪继续各自的影响。在很长一段时间，车氏思想变成某种社会形态的范式，陀氏被说成是反进步的。

以后见之明看，陀思妥耶夫斯基的看法却是对的。他坚持深入人性的思考，勇气超常，智慧前瞻。

下一章我将详细解析《地下室手记》。为了解这部小说的背景，我们不妨先聚焦故事中的城市——彼得堡。

在19世纪，莫斯科代表"传统"的俄罗斯，而彼得堡则象征正在"欧化"的俄罗斯。在彼得堡，俄罗斯因试图融入欧洲现代化而呈现出复杂的精神现象；在彼得堡，可以观察到俄罗斯文学的"新语言"是怎样产生的。

3 彼得堡的兴起

"彼得堡是世界上最抽象、最刻意建立的城市"，陀思妥耶夫斯基的地下人说了一句意味深长的话（*Notes*，第 6 页）。

彼得堡的位置最临近欧洲，汹涌墨黑的涅瓦河水在此流进芬兰湾，灌入巴尔底海。最初，这里是一片沼泽，心仪欧洲的彼得一世，1703 年起在此动土建新首都（不同于莫斯科的首都），意在打开一扇"面向欧洲的窗户"。

因此，彼得堡这个城市始于一个抽象概念：彼得大帝意欲淡化以莫斯科为代表的东正教文化，使俄罗斯文化的定位靠近已开始现代化的欧洲。建造彼得堡，其原初象征是：自上而下贯彻帝王意愿的俄罗斯"现代化"。

如此的现代化自相矛盾。现代化的前提是摆脱王权，以人权为新的道德天穹。彼得堡的初衷是王权统治下的现代化，这为以后俄罗斯各种思潮埋下矛和盾的伏笔。

彼得堡从无到有，自有一番规划。它的布局以几何形和直线为主，岛屿、运河、桥梁联通成系统，政府部门的大楼沿河岸而建，整体设计合乎欧洲的现代城市标准。十年之内，三万五千座建筑崛起，彼得堡几乎一夕之间成为西方最大的都市之一。形体多姿的建筑群在天际勾勒的侧影图中，有巴洛克风格的夸张，有洛可可式的浮华，也赫然可见彼得保罗要塞（Peter and Paul Fortress），那是彼得堡的巴士底狱。

彼得大帝，专制和农奴制帝国的首领，掌握着所有资源和绝对权力。他调用大量农奴来彼得堡割草、排水、筑坝、挖运河，三年之内，农奴死亡伤残近十五万人！而农奴缺多少，就到内陆调多少，源源不绝。彼得大帝下令，让帝国内所有石匠到彼得堡施工，就没有人敢在别处干活；彼得大帝下令，大批贵族必须搬迁到新都，否则废除贵族头衔，贵族们岂敢违抗圣旨？

整个18世纪，彼得大帝和他的继承者安娜·伊万诺夫娜、伊丽莎白·彼得罗芙娜、卡特琳娜女皇，继续着将彼得堡欧化的庞大计划，不仅聘用欧洲的建筑师，采用他们的设计装饰城市，还在彼得堡建起科学院，兴办技术教育，引入大量技术人士。皇家青睐欧洲启蒙思想家的姿态，尤其令人侧目。莱布尼茨、伏尔泰、狄德罗、边沁和赫德等人的著作，由官方资助译成俄文，能请来的都请到彼得堡。尽管俄罗斯大部分土地上见不到现代化的影子，彼得堡却出现了欧式文化。当然，是有明显帝国色彩的欧式文化。

由皇家来主导思想启蒙，和他们要装饰街道及建筑的用意没有两样，只是用理性主义的现代概念粉饰皇权。

不过，欧洲启蒙思想走进彼得堡，毕竟使俄国和欧洲形成多面的关联。

彼得一世的"改革对我们有什么意义？"陀思妥耶夫斯基这样问。

他问的是所有俄罗斯人都想问的问题。到了 20 世纪，戈尔巴乔夫又问过一次。

陀思妥耶夫斯基自问自答：彼得大帝的改革"总不会只是穿上欧洲的服装，了解欧洲的风俗习惯，吸收欧洲的科学或发明吧……是的，很可能彼得最初只是在这个意义上，也就是在只图实利、只求近期见效的意义上，开始实行改革的。但到后来，在他的思想进一步发展后，彼得无疑受一些隐藏在内心的感觉的驱使，在改革的事业中向未来的目标走去，这个目标比起只图近期的实利来，无疑要宏伟得多"（《陀思妥耶夫斯基文选》，第 227 页）。

陀老啊，您对彼得大帝持论公允，可是，"向未来的目标走去"的那个人，从背影看好像不是彼得。

俄国要超越只图实利的改革而进入深度的改革，一路走来，何其艰难。"向未来的目标走去"，彼得开启的现代改革必然要终止彼得的王权，终止他所代表的专制和农奴制。"向未来的目标走去"，自上而下要改变为自下而上，要凭俄罗斯人自身的力量，找到适合俄国的现代精神和现代语言。

陀思妥耶夫斯基那一代的作家，一心要发起自下而上的现代化。他们都着眼于"人"，答案却不尽相同。

车尔尼雪夫斯基所代表的答案可算作浪漫幻想曲。他认为，欧洲的启蒙思想里已经有了实现进步的理想的"人"和对人性的解释，搬来俄国即可。

果戈理、陀思妥耶夫斯基他们问：这样的"人"有吗？他们看到的是彼得堡街上行走的小人物；他们把小人物内心发生的现实和幻想的冲突写入文学，谱写了现实中的随想曲、狂想曲。

至于笔下人物是贵族或平民知识分子的屠格涅夫等人，他们的故事多发生在彼得堡之外，暂不讨论。

写俄国现实中的小人物，经常被人贴上斯拉夫派（本土派）的标签。其实，彼得堡小人物的幻想也离不开欧洲，正像涅瓦河的水时时映照欧洲风格的建筑。

4 彼得堡的忧郁

彼得堡，是意义混合而且矛盾的象征。而涅瓦大街，彼得堡的主要大街，是这种象征的浓缩。

属于彼得堡的戏剧性故事，无论是历史事件、日常戏剧，还是现实和文学人物，多以涅瓦大街为舞台。

1825 年，亚历山大一世驾崩之后的 12 月 25 日，几百名军官带领几千名士兵在涅瓦大街的彼得铜像前集会，向刚刚登基的尼古拉一世表明宪政改革的决心，史称"十二月党人起义"。集会者的政治主张各不相同，但都认同宪政是俄国的出路。俄国的 12 月是滴水成冰的季节，聚会者在刺骨的寒风中静立，直至被尼古拉一世的马队冲散。谈到什么是贵族精神，想想十二月党人。起义失败，一代人杰被监禁、流放、处决，销声匿迹，尼古拉一世得以施行专制三十年。

1861 年 2 月 19 日，亚历山大二世宣布废除农奴制后，俄国步入思想相对自由的时期。这一年的 9 月 1 日，有一神秘人物快马疾驰在涅瓦大街上，一路撒下传单后消失。传单题为《致青年一代》，号召废除沙皇，建立民选政府。彼得堡顿时人心沸腾。

1861 年 9 月 23 日，大学生在涅瓦大街游行，像是在庆祝盛大的节日。而专制之下，接下来还是监禁、流放。

19 世纪 70 年代，改革的冲动此起彼伏，在彼得堡各种各样的"地下室"里酝酿。"地下室"成为一个改革的符号。

1876 年 12 月 4 日，又一个严寒的冬日，几百名来自各阶层的人聚集在涅瓦大街的喀山大教堂前的广场。警察逮捕了多数的聚会者，将他们投入监狱。聚会虽然只有一天，希望毕竟又回到彼得堡。

历史事件是偶尔出现的惊叹号，日常生活剧则是惊叹号前面的句子。看似常态的涅瓦大街上，长长短短的句子，讲述变幻无常的剧情。

彼得堡隐含的欧式现代体系，在涅瓦大街一览无余。涅瓦大街和奥斯曼时代的巴黎林荫大道一样，笔直、宽阔，可承负大量的人流和交通，这样宽大的街道比巴黎的林荫大道还早了几十年。涅瓦大街上商家林立，包括一个 18 世纪式的大型购物市场和一座 19 世纪式的百货大楼，实为现代商品华丽的展示窗。从海军部大楼到莫斯科火车站，一路上书店、国家图书馆、大小教堂、广场、行人桥、宫殿，连绵不断，国家的各种功能俱全，景观处处迷人。

如此的繁华，与巴黎的林荫大道有什么区别？就空间和形体而言，似乎没有。仔细观察，看得出巴黎和彼得堡的街道上上演着两种不同的现代剧：发达状态下的现代，毕竟有现代的价值为底蕴；不发达状态下的现代，没有这样的底蕴，但是有向往这些价值的幻想。

观察街上行走的人便有所知；城市里居民的性格，是那个城市的性格。

在讨论波德莱尔的第三章，我们提到拿破仑三世为了国家机器和布尔乔亚的利益，借奥斯曼之手，摧毁老巴黎原有的建筑和市民社会结构，扩宽街道，迅速使巴黎现代化。以忧郁表达理想的波德莱尔，是巴黎市民社会的一分子，他站在受拿破仑三世之害的市民一边。他诗中的"浪子"看似闲逛者，身后却是法国革命后有多次反抗经验的巴黎市民。"浪子"走在巴黎街头，气宇轩昂，他知道自己的公民权利，知道如何行动。

对照之下，彼得堡的现代性却是半真半假。

涅瓦大街上行走的人按社会结构分成两大类。一类是有权力的人，隶属沙皇御下的官吏和警察制度。另一类是无权力的人，一些被官吏、警察压迫和恐吓的小人物；他们走在涅瓦大街，不住在涅瓦大街，像拉斯科尔尼科夫和地下人一样，住所在破烂肮脏的街区。来到幻影似的涅瓦大街上，小人物脸上写满压抑和恐惧，他们竭力躲开官吏、警察和贵族。躲不开时，只能自认倒霉。

当时的俄国贵族中有一部分憎恨农奴制者同情小人物。但是，贵族中不肯放弃农奴制的还是很多。1861 年废止农奴制之后，拥有财富的人继续把钱撒在涅瓦大街的商店里。他们购买欧洲的奢侈品，心里却在想，大街上走的人，不再是他们的私有财产。他们骨子里并不愿意现代化。

彼得堡社会严格的权力法则，决定了涅瓦大街一个不成文的规则：走在街上，贵族、官吏和警察不会给小人物让路，而小人物必须给权贵让路。

读波德莱尔的诗，我们可以知道"忧郁"在巴黎有公开爆发的机会。即便是穷苦的巴黎人，也有平等的价值、公民权利和市民社会作为信心基础。

彼得堡的小人物，不知公民权利为何物。对他们而言，欧洲人的平等价值是橱窗内的商品，可望而不可即。"忧郁"闷在心里，无法爆发，不得不为贵族、官吏和警察让路。

在俄罗斯文学里，就没有"忧郁"在彼得堡爆发的例子？也有。不过，彼得堡和巴黎有微妙却重要的差别。还记得果戈理的《外套》，还记得那个誊写员阿卡基·阿卡基耶维奇吗？这个社会底层的小人物，为了一件可以御寒的新外套吃尽苦头，受尽欺辱，最后竟然被"大人物"（一个官吏）恐吓而死。活着的时候，他不可能表示一丝一毫的抱怨，死后，他在彼得堡的鬼魂世界里爆发了，阿卡基·阿卡基耶维奇理直气壮地夺走"大人物"的外套，为他，也为受"大人物"欺负的小人物们，出了一口恶气。鬼魂世界里的爆发，只是诗中的正义，是果戈理写的幻想曲。果戈理用这种写法表达的不仅是忧郁，更是有几分无奈的愤怒。

《外套》感人，在于果戈理看到小人物的幻想同彼得堡权力社会的矛盾是动态的。一波三折的情节变化，步步深入小人物的心理。

还有中国读者熟悉的《狂人日记》，若将其置于19世纪涅瓦大街的动态矛盾中，则更能体味果戈理以幻为真的绝妙。

写日记的狂人是个小公务员，他的心理是知其卑微而不甘其卑微的，心有不甘变为幻想，幻想再转为狂想。

幻想初期，他走在涅瓦大街上，不愿和人交谈，突然间幻听，听懂了小狗之间的语言，很自然地跟四条腿的朋友搭起话拉起家常。人和狗对话的这个比喻，足见狂人的地位之低。

随后，狂人的幻想升级，他的日记这样写道："我微服私访，走在涅瓦大街上。皇帝陛下正乘车从这儿经过，城里的人都摘下了帽子，我也摘下了。但我一点也没显示出我是西班牙国王，我认为，当着所有人的面亮出自己的身份，是失礼的。"（《外套》，第103—104页）

欧洲的国王驾临，是何等尊贵；彼得堡狂人的想法，又何等的梦幻。狂人不甘于小的心理，跃然纸上。但彼得堡的现实不允许他做梦，很快把他投入大牢。即便遭受毒打，狂人依然幻想他是西班牙国王。

若不是真疯了，狂人哪能这样狂想？写狂人幻想的果戈理，他毕竟是清醒的。

5　涅瓦大街的幻想曲

幻想和现实的交互作用，也是果戈理《涅瓦大街》的主题。在这个短篇小说里，涅瓦大街几乎是故事主角。故事开始的七八页，讲述涅瓦大街是彼得堡的交际中心，从清晨、正午、午后，至傍晚，人群和活动，时尚和街景，随时在变换。涅瓦大街如梦如幻、千变万化的日常剧情，引出两个梦幻和现实交织的故事。

最是催人梦幻的傍晚，街上来了两个年轻人，各自看见一个自认为惊为天人的美女，往相反方向追去。

去追金发女郎的是皮若高夫（Pirogov）上尉，他追到德国侨民住宅区，发现金发女郎是德国工匠席勒（Shiller）的妻子。皮若高夫不甘心放弃他的性幻想，他付给席勒一笔钱定做一对马刺，想从长计议，寻机占席勒老婆的便宜。等他再次回来企图下手时，被席勒和他的朋友痛打一顿，扔出门外。事后，席勒吓坏了，知道皮若高夫凭他的权势，完全可能回来报复。不过，有惊无险，皮若高夫想到还有别的性目标可以追寻，竟然很快平复了心中怒气。

皮若高夫以为他的官阶足使任何女人为之倾倒，他的贪欲、仗势欺人、无聊和无耻，是俄罗斯文化里落后的一面。皮若高夫对席勒和他妻子纠缠不休，又显露了粗俗的俄国权贵对欧洲的无知。

去追赶黑发女郎的艺术家皮斯卡列夫（Piskarev），是故事的中心人物。叙述人告诉我们："这个年轻人属于的那一群在我们国家如此稀有，不得不视为一种现象。这些人与其说是彼得堡的公民，不如说我们梦里见到的人是现实世界的一部分。"（Gogol，第 169 页）皮斯卡列夫是俄罗斯在贫困现实中做梦的人群里的一员，因为他又是艺术家，想象力更丰富了幻想。他是"彼得堡的艺术家！大雪覆盖的土地上的艺术家"，没有意大利艺术家那样的热情和天空一样敞亮的胸怀。他和他的一群，平日胆小谨慎，看到的是灰色的彼得堡生活，画的是灰色的生命个体，模特也用的是乞丐老妪，"让她足足坐六个小时，为的就是把她麻木不仁的悲惨表情搬上画布"（Gogol，第169页）。

皮斯卡列夫具有果戈理的小人物的特征，他心地善良，无行动的机会和可能；他在现实里逆来顺受，在梦想里寻找另一个世界。

皮斯卡列夫原以为黑发女郎是大家闺秀，战战兢兢找到她的住所，发现她是妓女，而且是浅薄世故的那一种。如果换成是皮若高夫，他会不犹豫地接受黑发女郎的商品交易。但皮斯卡列夫要找的是爱，而且是现实中没有的美（这个梦想家甚至不把自己的画当作商品，有人欣赏，他乐于廉价卖掉）。第一次被黑发女郎拒绝之后，皮斯卡列夫认定她也是苦命的人，决心拯救她，邀她一起生活，说可以靠爱情和他的画作，过清贫诚实的日子。被再次拒绝后，皮斯卡列夫幻想破灭，并用毒品麻醉自己，最后自杀。

有理想的皮斯卡列夫死了，现实的皮若高夫活着。果戈理在结尾这样说："啊，不要相信这个涅瓦大街！我走在街上，总是更紧地把自己裹在大衣里，尽量不看我路遇的事情。因为一切都是欺骗，都是一场梦，一切都不是外表看似的那回事。"（Gogol，第210页）

昏暗的街灯下，果戈理裹紧了外套，不仅是因为涅瓦河上刮来的风寒冷刺骨。

6　"新人"和地下人

陀思妥耶夫斯基塑造地下人这个文学原型，直接的来源，一是果戈理，二是车尔尼雪夫斯基。

和果戈理的关联很明显，地下人也是个有幻想的小人物。前面说过，在19世纪的俄国文学里，小人物的关键特征是，不知道怎样在现实中行动；在现实中受挫之后，他只会把幻想升级。

和果戈理的小人物比，陀思妥耶夫斯基的地下人又有所演变。从地下人的自白中看得出，他有诗人的潜力，他历史文学知识丰富，逻辑思维强，会用文学作品编织自己的欲望，又善于反讽自嘲。但是他不会爱自己，也不会爱别人，失却爱的能力，他陷入 IQ（智商）和 EQ（情商）的自相矛盾而不能自拔，只能待在地下室里。

陀思妥耶夫斯基为什么要塑造一个几乎是思想家的地下人？原因之一在于，他和车尔尼雪夫斯基之间的争论，思考的问题超出了果戈理的范畴。陀氏和车氏之争，焦点虽然不离彼得堡，但是两人都把俄罗斯和欧洲联系起来思考，在各自的彼得堡的街景中，都有巴黎、伦敦的一些折射。地下人是小人物中的知识分子，他有足够的智慧思考欧洲现代体系的问题。

车氏的主张是，直接用欧洲启蒙理想取代落后的俄罗斯。他的想法是，欧洲的启蒙思想（尤其是对"人"的看法）绝对是进步的。

陀氏的想法较复杂，他从彼得大帝的现代模式里感觉到，启蒙所代表的科学理性不能解答有关人的所有问题，而且有不少的盲点；俄罗斯要从自己的文化出发，仔细估价欧洲启蒙，建立世界性的俄罗斯精神。他的重点是，俄罗斯和欧洲必须对话，才能获得对人性的新知。

在陀氏和车氏的争论中，果戈理的影响让陀氏保持清醒，即俄罗斯作家思考欧洲，切不可忘记俄罗斯人的理想和现实的冲突。

后来（我们就是他们的"后来"）的结论，可用最简明的语言表述：车氏的理论走进了有违人性的现代乌托邦；陀氏抵制乌托邦，提出了维护人性的现代观。陀思妥耶夫斯基在后现代理论家的一百年之前，就指出了启蒙体系现代性的问题。

农奴制废除之后，19 世纪 60 年代出现了新的一代知识分子，他们来自各种社会背景和阶层（类似法国革命前的第三等级），他们有意与 19 世纪 40 年代的贵族知识分子的思想方式切割，想法更自由，更敢于行动。加一句评语：他们也更浪漫，更盲目的浪漫。

在 19 世纪 60 年代的"新人"理论中，启蒙运动的科学理性观和英国功利主义（启蒙思想在 19 世纪的延续）盛行，其中有些激进者主张虚无主义。屠格涅夫的《父与子》里塑造的医科学生巴扎罗夫（Bazarov），即为虚无主义者，他咒骂一切的诗歌、艺术、伦理道德，一切现存的观念和制度（请注意，是咒骂），所以一心钻研数学，专心解剖他的青蛙。

车尔尼雪夫斯基是"新人"思潮的头面人物，他的小说《怎么办？》，副标题正是"新人的故事"。

这本书在牢狱和流放地写成。1862 年，沙皇政府以莫须有的罪名逮捕车尔尼雪夫斯基，把他关在彼得堡的彼得保罗要塞。车氏在狱中开始写《怎么办？》，两年后他被流放西伯利亚，接着写。车氏被囚禁流放达 27 年，被释放后不久就辞世。他的牺牲精神使他成为俄国知识分子史上的圣人，《怎么办？》自然有浓厚的传奇色彩。据说，车氏创作小说的时候，监狱当局就专门为手稿设立了检查机构，完成的手稿最后转到书报检查官手里时，上面已盖满各种官方图章，检查官看也没看就通过了。继之，手稿到了车氏的朋友手里，一不小心又丢失了。后来登广告，被一个年轻的政府官员在涅瓦大街捡到归还。

《怎么办？》中的"新人"理论，对欧洲体系现代性并无思辨，一味照搬。陀思妥耶夫斯基认为，这个乌托邦理论，有违人性，没有心理基础，所以撰写《地下室手记》，作为与车氏的公开争辩。但是，陀氏敬重车氏的人格，认为车氏小说尽管想法不对，却是他旺盛生命力的产物。在车氏被捕的前后，陀氏是知识界少数站出来为他的人格做证的人物（*Diary*，第 23—30 页；又见《陀思妥耶夫斯基文选》，第 146—159 页）之一。而且，陀氏有过和车氏相似的经验，1849 年，他因参与彼得拉舍夫斯基小组的活动被沙皇逮捕，在监狱、流放地、苦役军营度过漫长的岁月，1859 年才重返彼得堡。

《怎么办？》是一部失败的文学作品，连车尔尼雪夫斯基自己也这样看。小说情节松散，由拉赫美托夫、薇拉、罗普霍夫、吉尔沙诺夫等一批"新人"的榜样式生活组成，诠释的是车氏的乌托邦意境。

下面是"新人"罗普霍夫（Lopukhov）在彼得堡街头某一天的经

历（第三部分第八章），地点不在涅瓦大街，而在靠近彼得保罗要塞的另一条街。

　　罗普霍夫是什么样的人？他是这样的人，他穿着破旧的制服走在卡门奴斯特诺夫大街（Kamennoostrov Avenue）上。（刚刚在学校两里之外为微薄的收入授课之后正在往回走）迎面来了个散步的上层人物，因为他是权贵，径直走过来，并不让道。这时，罗普霍夫决定实施他的下列规则："除非是妇女，我不会先为任何人让路。"他们的肩膀碰撞在一起。那人转过身来说："真是猪，你这畜生。"接着还想继续教训人，而罗普霍夫完全转过身来，面对这个人，把他举起来，慢慢放在阴沟里。俯视对他说："你再动一下，我就把你往前推，那里的泥更深。"两个农民路过，一边看，一边为他叫好。一个公务员路过，看了看，没有叫好，却满脸微笑。几辆马车经过，可是没人探头看。让他躺在阴沟可不行，罗普霍夫站了一会儿，伸手把他拽上来，拉到人行道上，对他说："哎呀，先生啊，瞧你干了些什么？你没伤了自己吧？请允许我给你擦擦干净。"一个农民过来，帮他擦了擦，两个镇上的人过来，帮他擦了擦，大家都帮这人擦了泥，然后走了。（*What Is to Be Done*? 第156—157页）

卡门奴斯特诺夫大街就在关押车尔尼雪夫斯基的彼得保罗要塞的旁边，车氏在牢房里虚构了旁边街道的这一段，一定是出了口气。

但是，如此痛快地惩罚权贵，出现在波德莱尔的巴黎街头，可信；发生在彼得堡的鬼魂世界里，也可信；车氏这里的描写，却一点也不可信。

小人物罗普霍夫有挑战彼得堡让路规则之心，完全可能。但是，小人物面对彼得堡的权力法则，轻松自如，毫无内心冲突，完全不可能，也不真实。车氏违反了文学虚构应遵守的"概率和必要法则"（law of probability and necessity，见亚里士多德的《诗学》）。车尔尼雪夫斯基之后，有人热衷于塑造"高、大、全"人物，或许是车氏的门徒和子孙。

类似罗普霍夫这样缺乏心理基础的描写，见于《怎么办？》中所有"新人"和他们的故事。

《地下室手记》的第二部分里，陀思妥耶夫斯基描写地下人计划报复一个军官的故事（简称"碰撞事件"），回应车氏描写"新人"罗普霍夫之意十分明显。陀思妥耶夫斯基写的"碰撞事件"，其中有果戈理的影响，也有他自己探索人性的特殊风格。

这还是个围绕挡路和让路的故事，发生在 19 世纪 40 年代，地下人当时 24 岁，地点在涅瓦大街。

有一天，地下人去酒吧，站在桌球台旁边，挡了一个军官的路。军官一言不发，抓住他的肩膀把他挪到旁边，如同罗普霍夫对付上层人物那样，只不过情形颠倒了。然后军官扬长而去，仿佛他并不存在。地下人感觉受了极大的侮辱，远胜于被人痛打了一顿。为了争回这口气，地下人酝酿、设计、规划了多次行动，但是每次到实施时就放弃了。地下人敢想不敢做，流于幻想。被复仇心激励却无法行动，幻想只能燃烧地下人自己。说重点：这些幻想，这些非行动的思想行动延续了多久？不是几个星期，也不止几个月。陀思妥耶夫斯基让它延续了好几年。

地下人说："我在心里从不是懦夫，但在行动上一直是个懦夫。别急着发笑，这里有个解释。你们可以肯定的是，我对每件事都有解释。"（*Notes*，第43页）地下人有复仇之心，却无复仇之胆，还给了一个冗长的叙述。为简明起见，我们排个清单，用他的口气，听他讲幻想中的那些行动究竟是什么。这些情节令人想笑，令人悲愤，令人深思，写得太好了。

一、我（地下人）气愤难平，想找军官决斗，很快又打消了念头。理由让人忍俊不禁，但还是很严肃的：军官这样的人怎么会和我这样的平民决斗，他们会认为决斗这种事太自由化，是法国佬才会做的。而且，军官和"果戈理的皮若高夫上尉"是同一伙人，他们会"找警察的"。

二、有一天，我在路上认出他了，跟踪找到他的住所。多次跟踪他，我的怨恨越来越深。虽然以前我没写过什么东西，这次居然写了个讽刺故事。我在故事里揭露他，不用他的真名骂他。当然，公之于众才解气。我把写好的故事寄给《祖国编年史》杂志，他们不肯登，说讽刺这种形式不时髦了。我郁闷死了。

三、于是我想到给军官写信，我写了封修辞极美的信。信中说，他必须向我道歉，不道歉，我们就决斗。如果他还懂那么一点点"崇高和美丽"，他会跑过来拥抱我，和我做朋友。那该多好啊！我们会友好相处，他用地位保护我，我帮他增加知识，让他有文化教养。可是，感谢万能的上帝（我含着眼泪感谢上帝）！我幸亏没有把信寄给他，要是寄了，不知道要发生什么样的事。

四、我常在涅瓦大街散步，泥鳅似的钻来钻去，但见了军官和贵夫人就让路绕道儿。我发现他在节假日、周末竟然也会出现在涅瓦大街上，也会像泥鳅似的给官位更高的人让道儿。于是，我心生妙计：何不穿戴得体，像个人物似的走在涅瓦大街上，但等他迎面走来，就是不让道，和他撞个满怀。这主意让我既兴奋又苦恼，半夜三点也睡不着（此处略去描写地下人苦恼的几百字）……我省吃俭用，借钱，买了黑手套、帽子、礼服（几年过去了）……有一次，我在涅瓦大街遇见他，只有几步之远，我还是闪开了。那天晚上，我大病一场，发高烧，说胡话。太痛苦，于是我决定不再实施那宿命的计划，放弃一切。

下面，地下人的话，我们如实转录。

"……我最后一次去涅瓦大街，倒是要看看我怎么放弃这一切。突然，只见我的敌人在三步之外，我出乎意料地下了决心——闭上眼睛迎上去，我们肩对着肩撞上了！我一寸也没让，完全平等地和他擦身而过！他甚至没有回头看，装着没有注意到。他确实是假装，我敢肯定，到今天我都敢肯定！当然，我吃了亏——他比我壮，但这不是要点。要点是我实现了我的目标，维护了我的尊严。我一步没让，在公众场合显示了我和他

的社会地位平等。"(*Notes*，第 48—49 页）

同样是涅瓦大街上的事，同样是让路或不让路的碰撞事件，陀、车二人都有替小人物代言的动机，车氏的罗普霍夫、陀氏的地下人也都想挑战彼得堡的让路规则，触动不成文的权力法则，争回俄国人应有的、欧洲人已经有的平等权利和人的尊严，但是，车尔尼雪夫斯基写罗普霍夫，陀思妥耶夫斯基写地下人，您觉得谁写得更好、更真实？

细查两位作者描写中的差别，有益于我们思考文学、历史、人性三者的关系。

"新人"罗普霍夫和权力法则碰撞时，车尔尼雪夫斯基让罗普霍夫轻松以对，略去了他的内心冲突或心理基础，也抹去了人性的真实。陀思妥耶夫斯基写地下人为了反击权力法则，内心挣扎长达数年，曲折反复的幻想剧情，真实地昭显了历史中的人性。

罗普霍夫的心理活动只是一句话："除非是妇女，我不会先为任何人让路。"——这是个全新的规则。但是，新规则不假思索就产生，让人觉得车尔尼雪夫斯基的"新"有些像概念的图解。

相比之下，地下人的心理纠结，在每个细节上都验证着陀思妥耶夫斯基对历史、人性、文学保持着清醒的思考。

地下人的幻想四部曲可分两个层次分析。

第一个是现实的层次。在幻想四部曲的每一节，地下人都意识到彼得堡的现实给小人物留的行动空间实在太小太少。小人物想和权贵决斗、小人物想公开讽刺权贵、小人物有同权贵和平相处的愿望、小人物不给权贵让路，这些可能性，被彼得堡的社会现实——排除。

第二个是文学层次，准确说是"元小说"的层次。"元小说"指以小说形式揭示小说的写法和价值。

幻想四部曲的每一节都提及，地下人尝试以文学素材编织自己的计划。幻想第一曲提到，地下人读过"果戈理的皮若高夫上尉"（果戈理《涅瓦大街》的那个人物），很快明白皮若高夫和那个军官是同一伙人。

幻想第二曲提到地下人想写讽刺故事来报复，却被一个叫《祖国编年史》的杂志拒稿。

幻想第三曲提到"崇高和美丽"，指浪漫文学传统，暗示地下人冀望的兄弟情义在彼得堡无疑是海市蜃楼。

幻想第四曲，地下人想换一身行头上街等桥段，其灵感来自果戈理《外套》的情节。

现实层次和文学层次结合，地下人幻想四部曲恰好是现实和幻想冲突的四个小乐章。陀思妥耶夫斯基的用意再清楚不过：小人物要想向彼得堡的权力社会讨公道，这既是个现实问题，也是个文学问题。

陀思妥耶夫斯基把"碰撞事件"写得如此细致入微，旨在探索历史现实中的人性有哪些可能性，有哪些不可随意杜撰的可能性。果戈理是陀思妥耶夫斯基和车尔尼雪夫斯基这一代作家的文学前辈。果戈理已经把幻想和行动的冲突作为小人物的心理基础，是基于对彼得堡自相矛盾的现代化的思考。陀思妥耶夫斯基写地下人幻想四部曲，似乎在问车尔尼雪夫斯基：先生，您对彼得堡社会的矛盾，对文学中的经验，可以视而不见吗？

陀思妥耶夫斯基认为，俄国要"向未来的目标走去"，在某种意义上也是呼唤"新人"的出现。不过，文学的读者也是生活中的人，我们会觉得车尔尼雪夫斯基"高、大、全"的"新人"假得令人生厌。而那个生病、发烧、说胡话的地下人，反而更真实、更可爱。

陀思妥耶夫斯基似乎不太浪漫，他让我们想到生存的困苦，想到冬夜的寒冷，同时也想到活着就还有体温，有体温就还能享受厚棉被的温暖，更何况是太阳晒过的棉被。

尼采也曾思考过"新人"；他被《地下室手记》感动，显然看重曲折矛盾的人性描写。现代思想、现代文学，都有求新创新的欲望驱动。问题是，什么才是新？

普希金在一首诗里说，一辆负载沉重的驿车在冰雪覆盖的路上缓缓行走，时间老人跳上来当车夫，驿车轻快跑了起来。

19 世纪的俄罗斯仿佛是雪原上那辆驿车。车上跳进来个新车夫，名叫现代耶夫斯基，车速也加快了。

往下想，为了车跑得快而把车上的负载全抛掉会怎样？——那么，这辆车将不再是人类路程上的车，时间老人也不会为空车当车夫。

陀思妥耶夫斯基的文学是一辆什么样的驿车？是这样的——车上载的人，又都带着各自的负载，不能说不重，路又不好走。但是车夫和蔼可亲，值得信赖，他知人性，知马力，知车况，知路遥，也知道赶路的节奏和时间。

第六章

陀思妥耶夫斯基的地下人

1 湿雪

以当代文论的思路来评价,《地下室手记》是后现代思辨的先驱篇之一。陀思妥耶夫斯基借地下人做人性告白,是对体系现代性以及与之相关的现代乌托邦宏大叙述的有力反驳。小说的人物和叙述何其羸弱,宏大叙述何其强势,而以弱却可攻强;地下人看似渺小,现代体系何其庞大,以小却敢抗大。这"弱而小"的文学策略,如同草木的生命力,随时间的延展而生生不息,终可胜出。

在陀思妥耶夫斯基的文学策略里,包括了这样一个看似不起眼的意象——湿雪。湿雪是彼得堡的一景。乍暖还寒的时节,雪片漫天飞舞,落在脸上,如泪洗面,落在地面,融一些留一些,是泥泞的残雪。湿雪没有漫天白雪的浪漫,落在街上,是街景,留在地下人心底,是心景。在小说的后半部分,地下人遇到妓女丽莎,情不自禁对她说起湿雪，说湿雪的天气看到的葬礼，凄冷中既有真切也有病态。而丽莎不但不在意他的胡话，而且听懂了，深受感动。

有文学评论家说，湿雪是陀思妥耶夫斯基"现实主义"的象征，用词有些拗口，却算准确。湿雪的意象符合陀思妥耶夫斯基追求的心理真实，亦即19世纪彼得堡中真实的人物的真实的心理。湿雪的意象默默抵触着、嘲讽着当时的某种"强而大"的浪漫。

2 陀氏文体和地下人特征

前面我们见过地下人——彼得堡的小人物，翻开他的笔记，即《地下室手记》，我们回到1864年，见他蜗居在彼得堡市区边沿一条不显眼的街上……下了楼梯，拐个弯儿，即入斗室。烛光昏暗，地下人伏案疾书。写手记的作者，落笔匆匆，字连成句，连句成段成篇，读出声来，听到他声调略显疲惫，却是亢奋的。读出的声音是地下人心里的声音，他（小说中的"我"）不是对我们说话，而是说给特定的听众，他称之为"你们""先生们"。

"先生们"不在场，他们不在乎地下人存在。地下人一再模拟他们的话、他们的观点，"先生们"的形象活了起来。他们是19世纪60年代俄国的理性主义和功利主义者，信奉欧洲启蒙的理性体系，主张"新人"的理论。车尔尼雪夫斯基是"先生们"的人格象征，他的《怎么办？》是当时思潮的"圣经"。虽然是一个半世纪之前的人，他们的想法、语言甚至口吻，我们却并不生疏。我们也见过这些"先生们"，不仅在文字里，也在现实里。

《怎么办？》1863 年出版，《地下室手记》1864 年发表，后者反驳前者，这一段往事的意义至今萦绕着我们。

陀思妥耶夫斯基为什么写此书和车尔尼雪夫斯基交锋？为回应两个问题，一是车氏的现代乌托邦，二是欧洲的体系现代性。而这两者实则又为一体，因为这个乌托邦源于体系现代性，是它的延伸。乌托邦和体系现代性都以某种理性传统为其骄傲，而这个传统对人性的理解却极为贫乏。陀思妥耶夫斯基要追问的是：什么是人性？

陀思妥耶夫斯基本想写论文，后来改了主意写成小说，塑造了地下人这个文学人物原型。论战在地下人和"先生们"之间展开，因为是虚构，小说的特质（如特定的喻说、反讽、人物心理的剧情等）拓宽了对人性思考的范围，在幽邃往复之间深入读者的内心。

小说由两部分组成。第一部分《地下》，时间是"现在"（19 世纪 60 年代），四十岁的地下人随性所至，有答有问，锋芒直指"先生们"的理性体系。这一部分有心理描写，也有许多的论辩。

第二部分《关于湿漉漉的雪》，围绕几个事件叙述。地下人讲述了大约十五年前，即 19 世纪 40 年代，发生在他身上的三件事，可简称为：碰撞事件、同学聚会、丽莎之爱。在这一部分，地下人倾吐他苦闷的根由，间接继续了同"先生们"的争论。

读完第二部分后再读第一部分，可体味地下人的心理经历同他的观点相互渗透，相辅相成。这样，一场震撼现代思想史的论战就不是空泛之谈，而是引人入胜的现身说法。

陀思妥耶夫斯基在小说之始特意加了脚注："手记的作者（地下人）和手记本身，当然是想象的。尽管如此，鉴于构成我们社会总体的那些状况，像手记作者这样的人，不仅可能而且必定在我们的社会存在。我试用比通常更清楚的方式，把不久的过去中的人物之一呈现给公众，他是当今这一代人的代表人物之一。"（*Notes*，第3页）

我们在第五章说过，地下人和果戈理的小人物一样，负载了彼得堡的具体矛盾。由他和"先生们"过招，陀思妥耶夫斯基等于在对车尔尼雪夫斯基们说：先生们，从空中楼阁下来吧，扎扎实实脚踏在彼得堡的街上，我们的争论才是实在的。脚注说的就是这个意思。

这个地下人读书甚广，论辩犀利，智慧超凡，堪称社会底层的思想家。而他种种的弱点和曲折的心理剧情，又使他成为人性之弱的活标本。用文学批评的术语，地下人是"反英雄"（anti-hero）。"反英雄"不是恶人或坏人的意思，而是指小人物。

地下人的喻说含义是：上面的人（喻指社会上有头有脸的人）根本不把下面的人（如地下室的人）放在眼里；地下人是没有和上面对话的机会的，但他坚持写，即便是透过地板的裂缝对上面讲话，也要发声抗辩。

地下人之"小"，首先是地位卑微，而这并不是他的选择。他还有另一面的"小"，卑微的社会地位和长期的地下室生活，使他自卑，犹豫不决，而他内心又极有自尊，自卑和自尊的矛盾形成他的性格。在小说结束时，陀思妥耶夫斯基称他为"自相矛盾的人"（paradoxalist）。

《手记》一开始，地下人就说："我是个病人……我是个有恶意的人。"（*Notes*，第 3 页）这是什么口吻？意味着什么？首先是地下人的心理：他怕别人看低他，先把别人要贬低他的话说出来，自嘲一番，再否定之。巴赫金说："地下人想得最多的，是别人怎么看他或可能怎么看他。"所以，他先做表白，是预测别人对他的看法、想法（Bakhtin，第 52 页）。

地下人有自己的策略。面对"先生们"，他一开始就把自己变成被告，把他们摆在陪审团和法官的位置，整个《手记》相当于他在法庭的陈述。前面说过陀思妥耶夫斯基采用"弱而小"的文学策略。地下人自愿做"被告"未必真的就弱，他以弱攻强，愈战愈勇。

并不是所有的读者都欣赏陀思妥耶夫斯基的写法。有些英美读者，包括有些陀思妥耶夫斯基研究专家（见琼斯，第 76 页），他们在"先生们"和地下人之间权衡自己的利益和立场，感觉自己靠崇尚理性的"先生们"较近，离质疑理性的地下人较远，因此表示他们对地下人的咄咄逼人很反感。这样先入为主，阅读陀思妥耶夫斯基便失去着力点。

读《地下室手记》，建议大家注意两点，并由此调整阅读的立场。

地下人和他的作者一样，具有"双重视力"，亦即：他能见常人之见，又能见常人所不见（冯川引述俄国思想家舍斯托夫，第 130—134 页）。地下人熟谙逻辑，时时指出对方逻辑理性的盲点，因此能够剖析毫厘，壁肌分理。他的智慧高出只有理性视力的对手。

另外，读者如果略熟悉（不妨想象）19 世纪彼得堡的民情和当时的俄罗斯文学（尤其是果戈理），便会觉察到地下人一些胡话不无幽默，不无机智。他的无助、负疚和伤郁，都很接地气，符合真实的人性。

作为人物原型，地下人的主要特点是"过度的意识感"（hyper-consciousness）。"过度的意识感"是一把双刃剑：地下人比别人多想一步或几步，见常人所不见，且善修辞，通逻辑，旁征博引（用文论新术语：他的语言有明显的互文性），这是一面。另一面，他想得太多则无法行动，愈加自卑自虐，自相矛盾，又是一种病态。地下人并不掩饰："我向你们发誓，先生们，过度的意识感是个病，实实在在是个病。"（*Notes*，第6页）

他的病，在于不会与他人相处。渴望爱，却不会爱。自虐和虐他倾向的并存，阻碍他爱的能力。在陀思妥耶夫斯基眼里，没有爱的能力，是人性中的致命弱点。

陀思妥耶夫斯基把地下人摆在车尔尼雪夫斯基面前，有多层的含义。其一，地下人的悲观和不快乐比你们"新人"的无比乐观要来得真实。其二，似在问：您的"新人"理论，可曾考虑怎样从失落的人性中找回博爱？此外，还有第三层、第四层的意思。

重复一句：地下人是陀思妥耶夫斯基塑造的人物，不是他本人。

巴赫金认为，在陀思妥耶夫斯基创造的对话性话语（dialogism）中，"我"的差异触及他人的差异，这之间揭示的理是具体的理，是活理；而在单一性话语（monologism）里，理是单一、绝对的理，即死理。从文学形式上看，在对话性小说里，一个声音里（如地下人）

已经有多个声音，多个声音的对话就更不言而喻。巴赫金称这种结构为多声部或复调小说文体，也是借用音乐做比喻。

复调文体的哲学意涵之一是：人性包含感性、理性、欲愿、想象，以生命意志为其特征，所以，生命意志以多种的声音说话，而理性以单一的声音说话。这是陀思妥耶夫斯基和车尔尼雪夫斯基之间的又一区分。

多声部也是多视点。《地下室手记》多点阐释人性，可从地下人的逻辑和比喻切入，可在他和"先生们"对话的张力中领悟，也可从他自己的矛盾中体味。多点切入即变换视角来观察和思维（perspectivism），也是尼采哲学的一个核心概念。陀思妥耶夫斯基文体的形式和内容一致：让我们看到人性的多面。

3 乌托邦和体系现代性

车尔尼雪夫斯基的《怎么办？》旨在推行一套乌托邦理论，小说中的人物没有可信的心理基础，也不符合真实的人性。对乌托邦有过体验的人读完此书，或许会愕然，甚至或在愕然之余莞尔。《怎么办？》的那个理论很有迷惑性，迷倒了好几代的人。即便没有读过这本书，它的思想我们也不会陌生。这种思想已经渗透在我们的社会生活中，而这里似乎没有人用批评的眼光评论过它，所以迄今为止《怎么办？》都被视为经典，以至于成为集体潜意识的一部分。

车尔尼雪夫斯基这样设想"未来"的社会：科学技术迅速发展，

俄罗斯将会把大片的草原变成可耕地（当时没有想到这样做的结果是沙漠化），将用玻璃和钢筋建造出水晶宫（借用19世纪伦敦的水晶宫），电的秘密将被揭示而造福人类（和今天的科技相比，这不算什么，但车氏是在1863年做此预言的）。车氏还预言，未来的世界里，物质极大丰富，人人充分就业，男女平等，艺术繁荣。最最重要的是：这样完美的世界，必须由乐观向上、富有理性的男女组成；这些新人类没有自己的私利，因为他们在普遍的善（universal good）中找到了自己的利益和福祉。

这一切听起来"崇高而美好"。后来，许多代的许多人，为这"崇高而美好"的世界做了巨大的牺牲。开始无怨无悔，后来，期然而不然，不期然而然了，反而不明白为何怨而怨，为何悔而悔。当然，还是有人似有所悟，也有人恍然大悟。

若真有所悟，这个乌托邦中"最最重要的"那一点涉及什么是人性，要仔细剖析。比如，下面的几点归纳，会不会常让人感到是天经地义的"真理"？

车尔尼雪夫斯基的人性观由两部分组成，一是"由科学立法的自然规律"（laws of nature as codified by science），二是完美反映这些规律的人性。这两个部分都不是车尔尼雪夫斯基的独创，是他借自启蒙形成的现代思想体系，即所谓体系现代性（参见"启蒙篇"的两章）。这两部分可以先分开来讲。

第一部分，以科学为代表的自然规律（或法则）。车氏说的"自然规律"，依据是以经典机械论（classical mechanics）为基础的现代科学观。根据这个科学观，宇宙是一部机器，机器的各部件由因果链组合而成，自然"机器"因此遵循可预见的客观规律或法则（predictable and objective laws）运行。 以此推理的"科学"是什么？ "科学"为人提供了手段和途径，让人"发现"这些规律，并用以改造文化和社会。根据这种科学理性，人的科学理性和自然客观规律是完全一致的。

这种现代科学观是西方人的发明，东方人通常不了解它其实是现代版的宗教。明明是科学，怎么又是宗教？只要把上帝摆到现代科学观的中心位置，科学观就成了自然神论（Deism）。宇宙既然是一部机器，那么是谁创造并启动这部机器的？是上帝。不过上帝并不负责机器的日常运作（或许会在机器大故障时才出面干预吧）。依此推论：宇宙遵循客观规律运行，宇宙的秩序也是理性的，上帝成为超级数学家、超级工程师，是科学理性的最高象征。科学通过实证的方法，试图发现自然界所隐藏的规律和秩序，无非是去发现上帝这个超级数学家的思路。在启蒙时期，牛顿是这种机械论加自然神论的代表人物。

现代化摧毁了中世纪的宗教秩序，却又把上帝科学化，把科学上帝化了。人类匍匐在这样的科学面前顶礼膜拜，未必意识到"科学主义"（scientificism）是新的宗教。

第二部分，以科学为代表的自然规律（或法则）**必然**和人性一致，人性也**必然**是理性的。这种人性观出自启蒙的"体系化的精神"：用来理解自然世界的理性和机械主义方法，必须适用于对人性、人类社会生活的解释。车尔尼雪夫斯基代表的人性观并非没有逻辑，其逻辑是：宇宙是理性的，科学是理性的，人发现宇宙的自然规律，用这些规律改善人的生存状况，人性也必须是理性的。但是，有逻辑的推论可能前提就出了问题。

所谓"理性"是人类的逻辑思维，依此推论宇宙是理性的，而且运作得像人类造的机器一样，这假设是不是太人类中心了？再说，人性完全是理性的？谁的、什么样的理性？车尔尼雪夫斯基他们只有一个简单的回答：人性必然是理性的，不是理性的就是迷信，如此等等。在不加思索的情况下，许多人会认同车尔尼雪夫斯基他们的假设而不疑，会认为那是"常识"或"真理"。但这种常识掩盖并否定了其他的常识。

车尔尼雪夫斯基借用英国功利主义（体系现代性在 19 世纪的衍生思想）对这种科学、理性的人性观做了解释。功利哲学认为，人和所有的自然界动物一样，纯粹从自己的愉快和痛苦来决定行为。做合乎理性的事可带来愉快，此为"善"；做不合乎理性的事造成痛苦，此为"恶"。人性是理性的，只要运用理性，自然会选择"善"而不选择"恶"，为了自己的利益会自然地趋乐避苦。因此，理性的人是乐观的、快乐的。人如果在受苦，皆因无知所致，只有无知的人才受苦受难，因为只要善用理性，一定可以幸福快乐。"做出对你有用的选择"：这是功利主义的口号。

车尔尼雪夫斯基赞同这样的假设，认为：个人如此，个人与社会的关系也如此。社会是许多个人的集合体，如果每个人的追寻都真正符合自己的利益，那就造成"最大多数人的最大的好处"，一个完美而且快乐的社会，一个"人人为大家，大家为人人"的社会自然也就产生了。

如有人问，一个人追寻的"善"或快乐，会不会给另一个人（或另一些人）造成痛苦？功利主义者和车尔尼雪夫斯基的回答是：不会。他们认为，如果一个人追寻的自我利益基于理性，他就不会对别人造成痛苦，因为一个人如果抵触共同的利益，或许可逞一时之快，但最终要遭受最大的痛苦。为了保护理性，共同的利益要由法律保护。法律是理性的，理性的人因为守法，所以他的作为既符合自己的利益，也符合所有人的利益。

这种推论有多少已经违反了我们的另一种常识：社会中有些人追求的快乐，真的不会造成别人的痛苦？真的符合普遍的"善"？他们的追求会冠以"理性"的名称，可那是"善"的理性吗？

此外，法律是否在任何情况下都理性地保护公众利益？三言两语说不清楚，但另一种常识告诉我们：正义基于社会共识，立法和执法要有适当的机制。卡夫卡有句话可供参考："善，无非是法律（法则）所言。"这是讽刺的反话。试想，如果法律必然代表"善"，那么，曾被美国法律保护的蓄奴制、种族隔离必然是"善"了？不是有一种说法叫"恶法"吗？

车尔尼雪夫斯基基于体系现代性的假设有没有盲点或局限性？以后见之明看，回答是肯定的。认识到这套理论的局限性并不容易。虽然欧洲文学早在19世纪已经对体系现代性提出质疑，但是这些质疑产生的思辨直到20世纪下半叶才形成某些共识，成为"后现代"

理论。

　　与陀思妥耶夫斯基当年同现代体系的交锋相比，我们今天对现代体系的思辨有了更宽广的视野。比如，尼采从希腊悲剧的视角，亦即从生命是艺术的角度，颠覆了苏格拉底、柏拉图的理性知识思想（现代理性传统的源头）；尼采、海德格尔、弗洛伊德等人的学说在 20 世纪后期又引出解构哲学。20 世纪科学思想的发展（从爱因斯坦的相对论到数字科技的革命）已经使牛顿式的经典机械主义科学观解体，后现代对"知识"提出了现代思想体系没有回答的新问题，整个的心理分析学发展史不断质疑人性纯为理性的看法。还有历史：19 世纪以来的世界历史让我们看到，启蒙的光明和进步说确实带来不少进步，但是也一再陷入自相矛盾，战争、屠杀、黑暗和人性失落时时在嘲讽"进步"。

　　从上面简述的车尔尼雪夫斯基的理论，不难看到其中许多价值已渗入现代的社会和政治秩序，统御了人们的生活和判断。那一套思想体系留驻于我们的无意识中，我们常以为那就是我们自己的"思想"。

　　在西方，体系现代性是苏格拉底、柏拉图思想在现代的延续，有这个理性传统做后盾。车尔尼雪夫斯基和"先生们"本来就是有知识的人，他们用体系化的精神勾勒现代乌托邦的前景，听起来头头是道。

　　陀思妥耶夫斯基的可贵，首先是他的诚实。看到车尔尼雪夫斯基、别林斯基和俄国"新人"思潮的乐观，看到法兰西第二帝国巴黎的"光明",看到现代体系的"进步",诚实的陀思妥耶夫斯基深感忧郁。和波德莱尔不同,陀思妥耶夫斯基的忧郁是俄罗斯式的,绵绵不断,像彼得堡冬夜的大雪。

忧郁,可分为无果之忧郁、有果之忧郁。无果,一片暗淡;有果,凝聚为文学、哲学,忧郁显出亮度来。"明哲(……)是亮度较高的忧郁"(木心,第8页)。

昏暗的地下室里,地下人是那里的亮度。他对准"先生们"的要害问题,穷追不舍,一问再问:自然界是理性的?用"自然规律"真的可以解释人的欲望、人的心理、人的痛苦或快乐吗?现代科学等于人性?人是纯理性的动物?人性到底是什么?

一开始,地下人就出言惊人:"我极其迷信,这么说吧,迷信到了足以尊重医学的地步。我受过足够的教育,本不至于迷信,但是我迷信……"(Notes,第3页)这是傻话,却一点儿也不傻。三复斯言,方知这句话的含义。

一复斯言,他要抢先说出"先生们"对他的看法。你们是科学的化身,那我这小人物自然是迷信的一类;你们乐观,因为你们有知识呀;我苦闷,因为我无知啊。你们是要给我这顶帽子的,不是吗?

二复斯言,你们不是说,人不遵循理性,必将迷信,必将回到科学前的迷信时代吗?我恰巧懂些科学(如医学),受过足够教育,照理我不该迷信。可是,因为我不同意您的说法,我就成了迷信的。按你们的说法,没有科学知识的人容易迷信。可是,我掌握一些科学知识,又受过教育,我就是质疑你们的现代科学观和理性。我知道,你们一定会说我迷信。

三复斯言，另一个想法呼之欲出：先生们，你们对科学和理性深信不疑的假设，会不会才是新的迷信？

"先生们"如果在场，也许会惊讶地下人怎么这样说、这样问。但是他们不在场。如果地下人真能见到"先生们"，他哪里有平起平坐的社会地位？这一点，小说后半部分有所交代。

因为这里是地下室，地下人可以任性地说气话、反话、俏皮话。地下室里的话是彼得堡底层的实话。从这个现实的"低度"看车尔尼雪夫斯基关于人性的高论，那才是胡话呢。

"先生们"说：理性的人（men of reason, rational men）能依照自然法则采取正确行动，这件事就像二加二等于四那么简单。除了称呼这样的人是"理性的人"，地下人还戏称他们是"自然人"（natural men）"法则人"（lawful men，指遵循所谓自然法则的人）"行动人"（men of action，指自诩敢于行动的人）。这些称谓都是陀思妥耶夫斯基针对车尔尼雪夫斯基理论要点的提示。

"自然人"被比作一头牛，大吼一声冲向前去（喻其敢于行动），在一堵石墙面前止步了。这石墙指什么？"当然是自然规律，是自然科学、数学的结论。"（*Notes*，第 11 页）根据力学原理，动物头撞南墙，要撞晕的。牛也好，"自然人"也好，站在自然规律的石墙面前却步，因为他们无奈于自然，只能臣服。

地下人善于打比方来进行自由游戏。他又比喻，假如我是老鼠，碰到代表自然规律的石墙会绕过去，沿着墙边跑，见到墙上有洞可以钻进去。对付自然规律，老鼠比牛要机智灵活得多。

初看，理性主义者面对"自然"气壮如牛，何等乐观。而地下人见了"自然"胆小如鼠，显得悲哀。牛的乐观，恰恰排斥了生命意识中固有的悲观，而人类真正的智慧恰恰生于这悲观。

地下人也擅长逻辑思维，他推论："自然人""理性人"的乐观其实是盲目乐观，只问"次要成因"（secondary cause），不问"根本成因"（primary cause）。在古希腊的哲学里，"根本成因"指非人类制造的万物由何而来，"次要成因"则指人类创造的秩序。人的理性也好，科学也好，只限于人利用自然为自己创造的那些成果。我们不必站在宗教神学的立场，指称宇宙的"秩序"为神的创造而万事大吉。"根本成因"无非是人类以外的自然，或称之为宇宙意志。科学、理性对人类秩序中的各种因果有所解释，人也是在解释自然的过程中创造自己秩序的。换言之，人类秩序中的各种谜都有谜底。但是，宇宙并非为人而设，宇宙意志是没有谜底的谜。面对宇宙意志，问人的生命是什么，悲从心中起。希腊悲剧、莎士比亚、叔本华，都揭示了生命意识中这根本的悲观。

宇宙意志无情于人。人若是附丽于宇宙意志，岂不绝望？于是，生命意志是对宇宙意志的某种忤逆。忤逆，人逆自然规律而动，而创造。不甘生命的苦，希腊人想象出奥林匹斯山，想象诸神和人类一样生活，不至于那么孤独。现代进步并未解除人类那挥之不去的孤独，于是，人类不断去探索外层空间。更多的星球找到了，诸神却远去。宇宙依旧默默不语。

有"过度的意识感"的地下人说：二加二等于四是数学的法则，不是生命的法则。

替他说下去：人类（包括在科学活动中）和自然规律打交道，时时在想，我怎么才能二加二还可以得五、得六。但是，二加二得三、得二、得零的事，司空见惯。自然规律似乎并非为人着想，还时常让人类吃亏。车尔尼雪夫斯基们认为，人用理性计算自然，这笔交易平等划算，那是一厢情愿。理性的计算，算的是人的账，得了些蝇头微利，沾沾自喜，以为完全掌握了"根本成因"。过后细算，才知是亏了，亏大了。气壮如牛的，若能顿悟自己愚笨如牛，那是大彻大悟。不过，整体看，人类一直都是奋不顾身，勇敢地撞向南墙。

牛和鼠的比喻也适用于地下人自己。他在第二部分的碰撞和聚会两个事件里，就是一头牛，不过他面对的是社会法则，不是自然法则。说得更准确些，他面对社会法则时，是先胆小如鼠，然后变成牛，宁愿头上撞出包来，也要维护他的尊严。这个先鼠后牛的地下人，笨起来也挺可爱。

"自然人"只要遵循自然法则和理性，就能趋乐避苦？地下人以牙痛的比喻回应。他说，牙痛也有些乐趣，比如牙痛起来，不同人的呻吟各有千秋。"呻吟表达的首先是你的痛毫无目的……当然，你会对自然界整个的法则系统蔑视地吐口水，可是你照样受苦，而大自然却不受苦。"（*Notes*，第 13 页）牙痛难道不也是自然规律吗？你再理性，得到的快感，也只是和呻吟有关的乐趣。地下人下面的话不无所指："先生们，我请求你们，有时不妨听一听，19 世纪一个受过教育的人牙痛的时候是怎样呻吟的……他可不像农村的大老粗那样呻吟，而是像受了进步和欧洲文明影响的人那样在呻吟呢。"（*Notes*，第 13–14 页）

有人一再说，地下人以及陀思妥耶夫斯基反对理性，是非理性主义者。事实上，地下人的看法、陀思妥耶夫斯基的看法，并不否定理性。他们的看法是这样的：人有理性思维的能力，但是人同时有欲望、冲动和意志力，而且往往先服从自己的欲望和冲动，因此，人不可能有持续不断的理性行为（incapable of sustained rational behaviors）。

地下人说："您看，先生们，理性嘛，先生们，是极好的一件事，这无可非议。但理性只不过是理性，只能满足人的理性功能，而意志力是所有生命力的体现，也就是说，体现了人的所有生命力，包括理性，也包括所有的冲动。"（*Notes*，第 25 页）

西方理性传统是理性优先、理性唯一的传统（a reason-first and reason-only tradition）。依此度量自然，有时似乎可收眼前之益，尚可自圆其说；而以理性优先、理性唯一来界定人性，相当于将人性与抽象概念等同，必然无视欲望、冲动和意志力才是人性的主要部分。离人性如此之远，车尔尼雪夫斯基依此设想出了乌托邦社会。

地下人猜出车尔尼雪夫斯基他们的反应："你们笑，笑吧，先生们，只要你们能回答我的问题，什么对人有利，是可以准确无误地计算的吗？"（*Notes*，第 19 页）如前所述，车尔尼雪夫斯基的计算是：在一个完美的社会体系里，个人利益和集体利益必定完全一致。

如果以欲望和意志力思考人性，人性的复杂还在于个性的差异。

车尔尼雪夫斯基设计乌托邦社会，根据的是抽象的人性，没有思考个性的差异。

地下人问：如果你列出的利益清单符合你和我的利益，却遭到他的反对，我们将如何以对？消灭他吗？

事实往往是这样：运用"理性"设计一套秩序的人，只是让一部分人的欲望或愿望合理化。理性成为侵犯他人的借口，文明因践踏人性而沦为野蛮，这样的事例比比皆是。"人太喜欢体系和抽象的推算，以至于他可以任意扭曲真相，可以为了证明他的逻辑合理而否定他的所见所闻。"（*Notes*，第 21 页）拿破仑一世和三世（后者为法兰西第二帝国的专制者）、征服北美洲的欧洲殖民者、占领石勒苏益格－荷尔斯泰因的普鲁士，哪一家不是以理性和有利于人类为名大开杀戒，结果"血流成河，用最快乐的方法说，血流得像香槟酒一样"。（*Notes*，第 21 页）

在《地下室手记》第一部分，地下人提到英国人巴克尔（H. T. Buckle）的历史观。巴克尔《英国文明史》的俄文本 1863 年出版，在彼得堡流行一时，是很摩登的观点。

巴克尔认为，随着文明的发展，人类会变得更温和，更不愿意流血，战争终将停止。巴克尔不仅理性，而且浪漫。他理性地、浪漫地相信"崇高和美好"。地下人针对巴克尔说："你们注意到了吗？最含蓄的刽子手几乎总是最文明的绅士。"（*Notes*，第 21 页）地下人指出，随着文明的发展，人类不会停止战争，只会想出更先进的杀人方法。至于杀人的方法会"先进"到如今的程度，陀思妥耶夫斯基怎么也没有想到。

许多做了很大坏事的人并不是坏人，至少自己不觉得是。我们也没有理由怀疑车尔尼雪夫斯基有善良的愿望，正如我们不应该怀疑他的头脑一定是理性的。可是，车尔尼雪夫斯基怎么也没想到，他的理性而完美的社会，理性到了不许任何人有悲观、烦恼、疑虑或任何负面情绪的地步，完美到了没有个人表达自由意志的余地。在车尔尼雪夫斯基的《怎么办？》里，维拉梦想一个只有鲜花、阳光、音乐的世界，细思极恐。

乌托邦里有什么样的音乐？每一个人都变成了"钢琴键"，能演奏什么样的乐曲？是否包括不和谐音（dissonances）？还有，钢琴师是谁呢？他会不会看着血流成河品尝香槟呢？

4　陀思妥耶夫斯基如何看欧洲现代化

陀思妥耶夫斯基回应俄式的现代乌托邦，也要回应作为乌托邦源头的现代体系。

欧洲启蒙思想在18世纪已进入彼得堡（当时由皇家资助），但是真正在俄国知识界形成思潮却是在19世纪。《地下室手记》是一本很有学问的书，里面提到的狄德罗、傅立叶、达尔文、赫胥黎、巴克尔等启蒙作家，在19世纪60年代是俄国理性主义、功利主义和"新人"思想的催化剂。

俄国人当时对欧洲的遐想还有一些具体的象征：新巴黎的林荫

道、德国的大桥、伦敦的水晶宫，这些代表着现代化。现代嘛，免不了还要一点布尔乔亚情调，比如，法国的"太太们嘴里嚼着糖果，手上戴着手套，让远在彼得堡的太太们羡慕得发疯，她们在林荫道上也提一提垂地的长裙，露出纤纤的玉足。幸福至此，岂有他求？"（《陀思妥耶夫斯基散文选》，第281—282页）

大桥、林荫道、水晶宫乃至巴黎太太们垂地的长裙，这些变化就是现代化的进步吗？地下人不以为然。19世纪以来，许多人因此指责陀思妥耶夫斯基思想保守，反对进步。陀思妥耶夫斯基多次在论文里说，他对欧洲现代化不是简单肯定或否定，而是要思辨。他始终关心：体系现代性真的符合人性吗？他锲而不舍地问（地下人也这样问），为的是让他自己也让我们看到，进步中有不进步，阳光下有阴影。

再回顾一下福柯对启蒙的看法：启蒙有积极的价值，也有负面的遗产；他称后者为"启蒙的讹诈"；进一步的启蒙，应继承启蒙的积极价值，拒绝"启蒙的讹诈"（见 What is Enlightenment？）。福柯有如此的后见之明，离不开陀思妥耶夫斯基等这些思想家的启示。

19世纪60年代，地下人写手记的年代，俄国废除了农奴制，开始了深刻的改革。俄国人要改变落后现状，心情急切。启蒙本来就有激情洋溢、富有梦想的浪漫特征，俄国人为自己的落后着急，一急急出了盲目浪漫、超级浪漫，视欧洲现代化的一切为进步和光明。车尔尼雪夫斯基在《怎么办？》中勾勒的乌托邦，正是超级浪漫者的急就章。

陀思妥耶夫斯基则站在当时的浪漫旋涡之外，冷眼观看。在出版《地下室手记》的前两年，他去了一趟欧洲，回来写了《冬天所记夏天的印象》。《印象》不同于一般游记，记载了陀思妥耶夫斯基对欧洲现代体系鸟瞰式的观察，其叙述诙谐，思路清晰，看似随意的观感，处处透出力度。《印象》太丰富了，我仅选其中与"工程"有关的点滴，再返回地下人对水晶宫的议论。

年轻时，陀思妥耶夫斯基就读于彼得堡工程学校，以后又在工兵部队的工程局当过工程师。熟知工程学的陀思妥耶夫斯基到了德国的科隆，走上德国人新建的大桥，自然是佩服。他在《印象》中却故意说：他被惹怒了，甚至生出"偏持之心"。是因为桥造得不好？不是。"桥是造得极好的，这座城市理应为它而骄傲"（《陀思妥耶夫斯基散文选》，第235页）。那为什么恼怒？陀老诙谐，他虚晃一枪，要表达另一层意思。

听他怎么说："桥头收费的德国人派头很大，那眼神好像在说：'可怜的俄国人，你见到我们的大桥了，你在我们的大桥面前，在任何一个德国人面前，就像一条虫，因为你们没有这样的桥。'"那个德国人其实什么也没说，陀老意在自嘲，对俄国读者们说："在欧洲的现代化面前，我们俄国人感觉到自己的落后，难免自卑。落后是事实，但是，不能因为自卑就不会自己思考，盲目接受欧洲现代化体系的一切。"（《陀思妥耶夫斯基散文选》，第235页）

到了巴黎，陀思妥耶夫斯基看到比科隆大桥更大的工程——奥斯曼时代的巴黎现代化。他的观感，又在故意刺激被浪漫冲昏头脑的俄国读者："世界上最高尚最有道德的城市。多么良好的秩序啊！多么明智多么确切无误而又牢不可破的关系啊！一切是多么地有保障而又循规蹈矩，大家是多么地心满意足，努力使自己相信满足而且幸福到了极点。最后，大家又多么努力地达到了目的，真正相信心满意足而且极其幸福，并且……并且……就此止步不前，再往前走就没有路了。"（《陀思妥耶夫斯基散文选》，第 269 页）

新巴黎（奥斯曼计划改建的巴黎）的新秩序一目了然：新建的林荫大道、在直线和圆形上呈现的繁荣街景。从工程学角度，这样规划是壮观的。但看重人性的陀思妥耶夫斯基看到了"秩序"的另一面：在这秩序下生活的巴黎市民真的心满意足，幸福到了极点？

这正是波德莱尔的关切。他忧郁的诗旨在提醒：拿破仑三世和奥斯曼对巴黎这样的现代化，代价是摧毁了公民社会。

由俄国来的陀思妥耶夫斯基只是路过，他看到了新巴黎的秩序，直觉地、感到完美后面的虚假。彼得堡的涅瓦大街，车尔尼雪夫斯基设想的新世界，不也是有"完美"外表的吗？

法国第二帝国实践何种理性？在来巴黎的路上陀思妥耶夫斯基已经领教过。一路上，他被警察跟踪，到了旅馆他从店主那里知道，拿破仑三世的政府不放心任何外国人，设立了严格的监视制度。新巴黎的秩序是让一部分人"心安的秩序"，更多的人被迫服从他们的理性，结果是在"安宁和秩序中麻木"。车尔尼雪夫斯基的未来世界，会如何实施理性？我们，就是他设想的未来。

设计再周全、工程再完整的秩序，也不可能是终极的秩序。如果

"就此止步不前"，以为"再往前走就没有路"，那才是不符合人性。

地下人的这一段话，可圈可点："我同意这样的看法，人主要是创造性的动物，注定了要自觉地朝一个目标奋斗，要致力于工程性活动。也就是说，要永远地、不停地修建新的道路，无论这些路通向哪里。"（*Notes*，第 29 页）人类需要不断创造，所以需要一个又一个的目标，却永远也不要一个终结的目标。车尔尼雪夫斯基似乎没有从这个角度想过他的体系。如果他想到了，却继续创造他的体系？这想法就有点可怕。

《地下室手记》提到的水晶宫，既是历史的，又是象征的。19 世纪中叶的水晶宫，是一座钢铁结构加玻璃面的宏大建筑，由帕科斯顿（Joseph Paxton）设计，1851 年建成后成了伦敦世界工业展览会的展馆。从工程学的角度看，赞赏德国大桥的陀老也钦佩帕科斯顿设计的水晶宫。但是，建造这个水晶宫，英帝国其实意在向全世界（尤其是它的殖民地）炫耀它的工业、军事、经济实力。将世界各地的人汇集于伦敦的水晶宫，是让全世界都来赞美一个体系的丰功伟业。你看这"良好的秩序……一切是多么地有保障而又循规蹈矩，大家是多么地心满意足"。陀思妥耶夫斯基嘲讽地说："这是《圣经》上的某种景象，关于巴比伦的某种景象，亲眼所见《启示录》的天启应验成为现实。"（《陀思妥耶夫斯基散文选》，第 272 页）

这个体系似乎一片光明，就像是太阳神在主管现代化。然而，在水晶宫、博览会、街头绿地、公园之外，还有污染的水、弥漫了煤烟的空气、衣不遮体的贫民。光明之下的阴影里，有穷人的痛苦。陀思妥耶夫斯基在伦敦见到许多失落的灵魂，其中有一个六岁的小女孩，又脏又瘦，破烂的衣服露出青紫的伤痕。"最使我吃惊的是，她走路时脸上那种痛苦至极、完全绝望的神气……她一路走一路摇着乱蓬蓬的头，好像在考虑什么问题。她伸出两只小手，做着手势，然后突然两手一捏，紧紧按在裸露的胸前。"（《陀思妥耶夫斯基散文选》，第277页）

光明之下的阴影，包括布尔乔亚的恐惧。布尔乔亚是现代化的受益者和主宰者，他们怕什么？他们害怕自己，害怕体系所维系的一套价值观被人识破，害怕别人知道他们的精神生活其实贫乏，害怕别人不相信他们关于现存体系是历史终结的观点。

车尔尼雪夫斯基的空想社会主义，和欧洲的体系现代性之间，有相似的理性观、人性观。两者都坚信，体系的完成之时就是历史的终结点。正是因这样的信念，光明的乌托邦一经付诸实践就显现阴霾。

不能说车尔尼雪夫斯基毫无创意。现实中的水晶宫，只是大英帝国为显示其"进步"在伦敦盖起的现代大厦，而《怎么办？》里（Vera Pavlovna's Fourth Dream）的水晶宫则在维拉（Vera，女主人公）的梦里展现出未来的美景。你看，在花香四溢的田野的尽头，在高山脚下，森林边沿，一座宫殿拔地而起。因为在梦里，维拉和她的同伴不是走，而是向宫殿飞去；那里有欢声笑语，有泉涌的美酒，有情人间默默的香吻，还有更浪漫的：有人即席作诗，诗曰："自然界把秘密揭示给人类，透露出历史的规律。"（What Is to Be Done？ 第157—

158 页）

　　说车尔尼雪夫斯基的《怎么办？》是美学的败笔不冤枉他。这难道还不是腻味到家的文艺腔？在维拉的梦里，还有"啊，大地！啊，幸福！啊，爱情！"这样的字句，实在不忍心全部抄录于此，那对会阅读的人将是侮辱。

　　读过车尔尼雪夫斯基，再听听地下人对水晶宫的回应，他问："在您的水晶宫里，能让我吐舌头吗？"他所质问的、陀思妥耶夫斯基所质问的，不是帕科斯顿的设计，而是作为某种象征的水晶宫，它象征体系现代性、车尔尼雪夫斯基的乌托邦、号称可以一劳永逸的人类秩序。

　　地下人和"先生们"的辩论落到水晶宫这个象征时，他在问，陀思妥耶夫斯基在问：您的理性所建构的社会体系，能够接受差异和异见吗？能容忍与你们不同的理性吗？

　　准确地说，陀思妥耶夫斯基质疑的不是理性，而是抽象纯粹的理性、不包括个体差异的理性。地下人说得很清楚："抽象的逻辑不适用于人类，只有伊凡的理性、彼得的理性、居斯塔夫的理性，根本不存在什么纯粹的理性，那只是 18 世纪毫无根据的空想而已。"（《陀思妥耶夫斯基散文选》，第 286 页）

　　作为逻辑连贯思考和叙述的理性是必要的。但是，促使不同的人做理性思考和叙述的动力，是不同的欲望。理性优先论者强调的理性客观，试图掩盖理性皆由欲望驱动的事实。在任何的理性叙述里，已有了某种欲望的因素。有时候，这种欲望不能（或不敢）公之于世，要以客观面目掩盖。越是号称纯粹的理性，越不纯粹。

20世纪，解构哲学家德里达说，"真理"或体系都有个结构，仔细分析，会发现结构有个中心，而中心的逻辑既连贯又矛盾，这是因为体系中心的建立，来源于某种欲望。德里达用了一种艰涩的语言讲了同样的道理，陀思妥耶夫斯基的说法更容易理解。

5　情的隐私，理的诤讼

《手记》的下半部分，地下人讲述了十五年前和他有关的几件往事，以情的隐私，回应上半部分理的诤讼。情理交融，前后呼应，散点透视的小说结构浑然天成。

地下人的告白，初看与弗洛伊德心理分析有诸多吻合（如人的施虐、受虐的倾向），细察却有所不同。陀思妥耶夫斯基看重的自由意志，是人性的高层次，因为自由意志体现在独立的判断、独创的能力、个人潜力的完成。陀思妥耶夫斯基在《宗教大法官》里讲得很明白，追求自由的意志力，是神赋予人的唯一礼物。但是，人很容易屈服于自己的奴性和惰性，而放弃自由意志。

一个人能否运用自由意志，是他和命运神之间的秘密。运用自由意志，人必得经历磨难，必得以爱（爱他人）来启动意志中最大的力。陀思妥耶夫斯基的"宗教"，要旨在此。他描写的欲望的种种矛盾，多是人在实现自由意志时的矛盾。他所说的"自由意志"，接近尼采的"强力意志"（Will to Power），是个人实现生命价值的过程，也是人的尊严之所在。

现代化过程中，失落的往往是具体的人性，占上风的却是抽象的人性、物欲的人性。人们如果没有感觉到失落了什么，久而久之，好像也就没有失落这回事。

陀思妥耶夫斯基笔下的人物，如地下人、拉斯科尔尼科夫，虽有心理的扭曲甚至变态，却有自由意志的影子和因此经历的内心磨难。他们能打动我们，说明渴望自由意志的人性还活着。这些都不是弗洛伊德的重点。

第二部分讲述的三件旧事，可简称为：碰撞事件、同学聚会、丽莎之爱。上一章已解读了第一个故事。地下人起了去碰撞军官的冲动，因为彼得堡的让路法则无视这个小人物的尊严。他为什么用几年的时间试图实施他的行动？因为彼得堡的社会现实设置了层层障碍，他越渴望自由，越感觉挫折。幻想四部曲，滑稽而痛苦，是欲望和现实之间的冲突所致。

在同学聚会中的地下人，有着相同的心理过程。事实上，这次同学相聚，是地下的人和地上的人（彼得堡有些权势的人）的一次价值和语言的碰撞。这四位同学分别是 Z（Zverkov）、F（Ferfichkin）、T（Trudolyubov）、S（Simonov）。四人中，S 是个有过追求的人，不同于那三个人。论知识、智慧、语言能力，地下人比 Z–F–T 加起来还要强。在学校时，他是优等生，这三个是庸俗之辈。在社会上，庸俗之辈却是成功者，至少他们有钱，而地下人勉强出得起饭钱。

本不是一路人，地下人为何赴宴？为了把他所渴望所幻想的平等价值付诸实施，为了再次碰撞社会法则。

车尔尼雪夫斯基他们说，理性的人是快乐的，理性代表社会的秩序。按照这个逻辑，Z、F、T是理性，地下人是非理性。地下人来赴宴，冲击他们的利益，也违背他自己的利益。按车尔尼雪夫斯基的乌托邦理论，地下人很不理性。但是，Z、F、T代表的彼得堡"理性"是：庸俗、功利、贪婪、霸道。地下人看似荒唐的举动，出自尊严。

不过，不必急着赞扬地下人。他的自相矛盾全部暴露在最戏剧性的第三件事（丽莎之爱）上。至此，小说达到高潮。

话说Z、F、T和地下人之间的对话，无异于相互讥讽和侮辱。那几位先行离席，去了妓院。地下人受了侮辱，满怀愤怒随后跟去，不见他们在那里，便怀着复杂的心理找了妓女丽莎，和她上了床。

丽莎是个善良的姑娘，被父母卖到妓院两个星期了，她比地下人的社会地位更低。地下人在性关系之后，并不离开，开始和丽莎搭讪。丽莎起先不肯多说，地下人便按照"崇高和美好"的浪漫文学，编织了一个关于湿雪的故事。

他说前一天看见有人从地窖里拖出一口棺材去掩埋，湿雪的天气，坟墓里也是湿的。地下人甚至被自己的故事所感动。地下人虚构的故事演变成激昂的布道，从死亡谈到生命的可贵，进而劝丽莎要嫁人，要有孩子，需要天伦之爱，如此这般。

地下人的心理动机，复杂而扭曲，混合了施虐和求助两种需要。Z、F、T以强凌弱，让他受辱、受伤。他给丽莎讲这些，一方面满足他也可以是强者的心理，这是受虐者企图再以施虐平复不满。但是，他无意间施虐的对象却是比他更弱小的善良女子。另一方面，他又在求助，想得到丽莎的理解，得到另一个人的关爱。

尽管地下人如此扭曲，丽莎却能理解他，她心里爱的本能被唤醒。几天之后，她按照地下人给的地址找到他，希望和他一起生活。

地下人和丽莎在妓院的相遇，本不是出于爱。丽莎抱了希望来到他家里，他有一个获得爱的机会。他被感动，却没有爱她的勇气。就像《罪与罚》里的拉斯科尔尼科夫向索尼娅忏悔那样，地下人说出实话："我被人羞辱，所以我想羞辱人；我被人当成一块儿破布，于是我想显示自己的强势。"（*Notes*，第 107 页）

丽莎听了并没有生气，"突然，她以不可抗拒的冲动从椅子上站起来，伸出双手，向我投来期盼的眼神，不过还有些胆怯，不敢动。那一刻，我的心里也激荡不已。然后，她突然跑过来，双臂紧紧抱住我，泪如泉涌"（*Notes*，第 109 页）。这是人性中善良而可贵的爱。小说如果要大圆满的结局，在这里可以结束。但，大圆满与《地下室手记》的目的不相符。

故事下面的发展令人意外：他们又一次做爱，之后，地下人无法摆脱施虐和受虐的魔咒，扔给丽莎一张五卢布的钞票，莫明其妙地、彻底地侮辱了丽莎。丽莎自此从他的生活中永远消失；地下人为此留下的悔恨，也是永远的。

痛苦至极的悔恨最是直白："那时，我没有爱的能力，因为，我重复一遍，对于我来说，爱就意味着施虐，显示我的道德优势。"（*Notes*，第 111 页）

陀思妥耶夫斯基讲了一个重要的道理：人的自由意志如果缺了爱的能力，自由和意志两空，人性失落。

许多年以后，地下人记起这件事，除了负疚悔恨，还意识到其中的反讽。为什么在"崇高和美好"的激励之下，他会做出卑劣的事？这一问，又是在质疑车尔尼雪夫斯基的盲目而超级的浪漫。

第二部分《关于湿漉漉的雪》的标题之下，是奈科拉森（N.A. Nekrason）的诗。诗的后几句是："那一刻，记忆惩罚着遗忘的良知，你给我讲了之前发生的一切，突然，你捂住脸，悔恨交集，你以泪洗面，发誓、愤怒、震惊……"（*Notes*，第37页）

诗句中的人正如地下人，我们看不见他捂住的脸，却感觉到他的痛苦。痛苦留在了心底。心底的记忆里，湿雪漫天飞舞。

湿雪，冷与热的交会，渴望和自虐的纠结，爱和恨的交集，或许那也是雪水和泪水交汇的幻觉，暗指丽莎的拥抱融化了地下人心中冰冷的那一瞬间。

湿雪的美，在于地下人生命中最弱的一刻，成了小说最强的一环。陀思妥耶夫斯基"弱而小"的文学策略，完成在地下人的悔恨，也完成在湿雪的意象中。

地下人暴露自己最大的弱点，倾诉内心深处的最痛，足以唤醒人性中爱的潜力。他认真地告诉"先生们"，如果你们仔细看看我的故事，会发现我比你们有更大的"生命力"。

"生命力"在具体的生活中才有。地下人说，现代社会的人，宁做抽象的人，怕做有血有肉的人。离开书本便不知爱什么，恨什么，尊重什么，蔑视什么。

就是这样一个小人物，后来走出了陀思妥耶夫斯基的作品，走向了未来。在 20 世纪的世界文学中，地下人繁衍出许多的文学子孙。美国黑人作家艾里森（R. Ellison）在小说《看不见的人》的前言中说，他塑造的看不见的人，祖先是地下人。

湿雪飞舞，在彼得堡，也在彼得堡之外。

尼采篇

人类之本命，万物之生机乃是一种永恒不息的创造，是美学现象，对知识、真理、价值、主体、历史等等如何思考，由此开始。

伟大灵魂对生命的所感所悟才是悲剧。对生存的悲观，反而感悟到生命，生命力充盈而溢出，源源不绝，就是音乐。

苏格拉底代表着逻辑思想和艺术思维的分离。尼采把「苏格拉底」这个符号做修辞改造，「作为音乐家的苏格拉底」就成了历史性转折的新符号。

第七章

尼采式转折（上）

悲剧之力

　　尼采善思辨，和他善于阅读有关。他阅读甚广，了解某个哲学思想之后，寥寥数语，或概括其精粹，或直逼其要害，却从不追随体系，也不形成体系，而是"变换视角思辨"（perspectivism）。尼采的风格因此灵活丰富，深刻而幽默。他认为思想应该像生命一样丰富多样，变化无穷。

　　我也佩服德勒兹（Gilles Deleuze，20世纪法国哲学家）。德勒兹通读康德之后，用自己的话写短短几十页，就把康德的思想讲清楚了，甚至比康德还清楚。这个过程中，德勒兹变成康德，康德也变成德勒兹，精神史魔幻似因此演变。德勒兹写过《尼采和哲学》，影响了西方当代的思辨理论。他的本领有一部分是跟尼采学的。

　　我常读尼采，有和鸣、感动、心得，更有一种冲动：何不用尼采和德勒兹的方法来读尼采，写尼采。今尝试读《悲剧的诞生》，并非读一本书，而借此进入尼采的整体，显现他思想的要旨，于是写成了几十页，本为一体，分成上、下篇便于大家阅读。上篇题为： 悲剧之力，下篇：别忘了音乐，苏格拉底。此为上篇。

1 美学智慧和生命的穿越

通常认定伟人的标准，是看他建立了何种体系，代表了什么真理，但是这个标准对尼采完全不适用。

尼采的重要，他的至关重要，恰恰在于他不事体系，而且坦言"真理意志"（will to truth）是哲学的误区。尼采从"生命意志"（will to life）出发追问各种价值的基础，思考价值的价值。在尼采看来：被普遍接受的主体、知识、科学、真理等现代观念，缺少了古希腊民族那种饱满的生命力和欢畅的智慧。尼采提倡价值的重新评估，引发各种的反应和争论，一个多世纪以来，激浊扬清，毕竟获得更深的理解。当代的西方思辨理论视 19 世纪尼采的出现为西方精神史的一个鲜明的转折，称之为"尼采式转折"（the Nietzschean turn）。

尼采式的智慧并不限于尼采，它源自希腊悲剧时代的精神，一脉相承至今，博大精深；为 20 世纪乃至后现代诸家所用，千变万化，足见其蓬勃的创新力。什么是尼采式的智慧？一言以蔽之：美学智慧（aesthetic wisdom）。"美学"（aesthetic）的根本含义是艺术创造之学（美与丑的判断只是其中一部分）。美学智慧的出发点是：视世间万物和人类所有活动为艺术创造，为最广义的"美学现象"（或曰：艺术现象）；尼采对知识、真理、价值、主体、历史等问题的思考，由此开始。

《悲剧的诞生》有一段名言，按考夫曼（Walter Kauffman）的英语版照录如下："... we may assume that we are merely images and artistic projections for the true author, and that we have our highest dignity in our significance as works of art—for it is only as an *aesthetic phenomenon* that existence and the world are eternally *justified*."（*Birth*，第52页）"可以设想，我们不过是真正作者的影像和艺术投射，我们的最高尊严在于我们作为艺术品所具有的意义——唯有作为美学现象，生存和世界才永远获得合理的解释。"（童明译，下同）

尼采之所以出此言，是要呼唤现代人能像古希腊人一样，以本能来感受人类之本命、万物之生机乃是一种永恒不息的创造，是美学现象。非如此观，世界和生存便没有任何意义。尼采介绍希腊哲学家赫拉克利特（Heraclitus）时特意强调，赫氏把这世界比作属于艺术家和孩子的游戏。宇宙间永恒的活火游戏，宛似孩子在海滨的嬉戏，垒砌的沙堆，造了即毁，毁了又造；孩子和艺术家何其相像，都是一时满足，一时又生新意，创造欲永不止息（《希腊悲剧时代的哲学》第7章）。世界如此丰富多样，层出不穷，乱而有序，冥冥之中莫非有"宇宙意志"（叔本华语，又译"世界意志"）为之？尼采所言的"真正作者"，类似中国古书中所说的无象无形、漫漫无际的"真宰"。"真宰"也好，"真正作者""宇宙意志"也好，未必牵涉有神无神之争，而是比喻生命作为美学现象这个大格局。

美学现象有两层意思。人类和世界万物皆为"真正作者"的艺术品，这是第一层的意思。人类既是艺术品又是艺术创造者，人类的创造是模仿"真正作者"的创造，这是第二层的意思。[1]

视人类和世界为艺术品，并不是说这个世界已然至善。不完美才是真相。宇宙意志对于他的艺术品似乎漠不关心，至少是默然不置一词。休谟曾比喻：这世界是一位幼年神的粗糙之作，以后不屑修改而弃之；又或许，这世界是一位低级神灵的不成熟作品，受到高级神灵取笑而撒手不管；要不就是一位老眼昏花的神在他暮年制作，此神死后作品也就留存至今（Borges，第231页）。

木心的想象也甚为奇妙，他说：这世间花草万物，是诸神在一次盛大的竞技中留下的一些"不称意的草稿，残骜素材的拼凑物、误合物，都没有销毁，冷娴的神将密码像雨那样普洒下去，诸神笑着飞走了"（木心，第227—239页）。

休谟和木心，都得了希腊神话的真传。希腊诸神有人类的特点，像人类一样有生有死，也受命运摆布，希腊神的故事因此而凄美动人。在古希腊，神话和悲剧恰好是孪生兄弟。起初的悲剧讲的都是神话的故事。

人类也如此，美却不完美，不完美而美。这也是美学智慧的一部分。

人类凭着生命意志滔滔不绝，宇宙意志永远保持沉默。有时候，在希腊或莎士比亚的舞台上，那个"人"终于寡言不语，与沉默的宇

---

[1] "美学现象"这其一和其二，类似于希腊哲学中的"首要成因"和"次要成因"（primary causality and secondary causality）。

宙相对，此时无言胜有言。悲剧英雄偶尔的沉默倒是与宇宙有几分相像。

　　人的语言带有人的愿望，难免有人的偏见。我们说生命（life），必先想到"我"的生命，个体的生命，以及个体所经历的生、老、病、死、苦。这是生命无疑。不过，就古希腊的、尼采的美学智慧而言，生命更重要的含义超出个体生命的周期甚至人类界限，那是贯彻宇宙之间的一股生而灭、灭又生、源源不绝、千变万化、无穷无尽的生机。古希腊民族称这种生命观为：酒神生命。但是，这整体生命，这新旧交替的往返循环，包括了"我"的毁灭，"我"如何能肯定它？想到这一点时，"我"处在哈姆雷特犹豫的那一刻。哈姆雷特不再犹豫时，他替我们凡夫俗子做了肯定的回答。能否"肯定生命"（affirmation of life），也就是说能否肯定整体的生命，终究是个人和文化的弱与强的试金石。古希腊人在音乐的陶醉中、在悲剧英雄的担当中，反复体验"生命的肯定"，以酒神的酣畅饱满构筑希腊灵魂和文化。历史上也有许多人思索，"我"的毁灭也许包括"我"再生的可能。尼采的思考抵达了"永恒的循环"（eternal recurrence），亦即现在的"我"和过去及将来的"我"认同并合为一体，个体生命和整体生命交织在一起，出现各种变奏。

　　虽然尼采没有这样说，但我们试用"穿越"（crossing-over）和"交融"（crossing）的表达，或许更能准确表达他的本意。

　　"生命的肯定"并非说说而已。"我"的灵魂需要有勇气、有机缘，才能穿越有限的个体进入无限的整体，穿越当下的时空进入超历史的时空。灵魂进入穿越，有情的生命和无情的整体（宇宙间永恒的生命力）恍惚交融为一体。"crossing"有交配繁衍的含义。

穿越必然是既痛苦又喜悦的经历，是人类情感的极致，持平常心不行，必然和它失之交臂。痛苦，因为个体的概念乃是个体生命的依存，一旦被整体的生命摧毁，"我"如丹麦王子，仰首问无情的天：我是谁？然而，"我"的被撕裂，又使"我"抵达永恒循环的生命境界。人在难以描述的那一刻有此感悟：即便有死亡，生命意志不可毁灭！因而心生喜悦：我爱命运（amor fati）！

尼采称这样的感悟为："喜悦的肯定"（joyful affirmation）。尼采说出 amor fati，此"我"已非"我思之我"，ego cogito，是"命运之中的我"，ego fatum。

用"穿越"补充尼采，补的是尼采要说而没有说的话，那就是：获得"喜悦的肯定"（joyful affirmation）有一个必不可少的过程，即悲剧。

德里达和巴特都重提尼采的 joyful affirmation，有时用 jouissance 一词表达，可惜都不曾提过获得"喜悦"的过程。仅以游戏文本的快感解释喜悦，缺了的不止一点。单纯的文字游戏，疏离了美学智慧。

尼采式的美学是力之美学。在尼采的语汇里，"力"（power）的前提和含义都是"肯定"（affirmation）。生命得以肯定，才有为宇宙间的美学现象的喜悦，为创造的人生的喜悦。东方人说：法喜禅乐。法喜在前，是磨砺之后对世界和生存的感悟。有法喜的前提，禅乐才有意义。未经法喜而称禅论乐，多半是装模作样。

古希腊民族对人的生存首先是悲观的，而参透了世界是永恒的创造之后其美学智慧又是乐观的，充满欢乐。尼采的哲学，是悲观与乐观、欢乐与痛苦并存的二律背反。

聆听《第九交响曲》第三乐章（《欢乐颂》合唱之前的乐章），感悟人类的灵魂穿越在无限之中，于是有情和无情、有限和无限、悲观和信心、和谐和不和谐，融汇为悲壮清曲、悠悠天籁。贝多芬音乐和希腊的酒神音乐是为同一种语言，亦即人类意志获得尊严的语言，使微末人类的语言不再微末。

古希腊人上演戏剧，向自己、向诸神展示穿越的所感所悟，就是展示生命的意志（will to life）。生命意志，即力的意志。那力，来自整体生命观的充实感；那循复往返、源源不绝、千变万化、无穷无尽的生命烘托人的精神，使人伟大起来。另一方面，生命意志又是对宇宙意志的忤逆，因为若完全附丽于宇宙意志，人是绝望的。换一种说法，人面对永恒循环的生命，既自感谦卑又不失尊严；人是"真宰"的艺术品，微不足道；人参与创造成为艺术家，与苍天比美，至少想争个美学上的高低。生命意志使人在美学现象中具有双重身份：艺术品，又是艺术家；被造之物，又是创造者；渺小，却又伟大。

希腊的舞台不断演示这双重身份之间的冲突和矛盾。生命意志于是充满张力。什么是"生命意志"（will to life）？——"强力意志"（will to power）。如前所述，"will to power"中的 power 是生命意志本身具有的力，并非那种使人堕落的"权力"。"权力意志"的译法滋生了太多的曲解和误解，可以休矣。

尼采为什么质疑西方哲学传统的"真理意志"？因为那是忘记了

生命意志的意志。

truth 有好几个意思。做"真相"或"真实"解，又当别论，因为事情的真相多是要寻求的。更何况，不求生命的真相，便没有生命意志、美学智慧。但是，truth 作"真理"解，指的是某种价值或知识获得了强而有力的地位，要求别人非相信不可。柏拉图以降的哲学传统，其"真理意志"求的是毋庸置疑的价值和知识（下篇有详细的分析）。从美学智慧来解释：人类出自各种愿望，在本无意义的世界上解释、想象、创造，设定价值和秩序，产生知识（包括科学知识）。知识或价值既然产生于人类和生命之间的互动，产生于人的美学潜能，就不可能一劳永逸，一成不变。当有些知识或价值升级为真理（包括以科学为名义的真理），升级到不容怀疑的地位，知识或价值的美学源头就被忘记。现代人为"真理"而激动的时候，不妨想想自己是否把"真理"和"艺术"视为对立的两端。

重真理轻艺术，模糊了生命的真相。更常见的是，死的价值要胁迫活的生命。

知识或价值必然有其逻辑结构，但是将此种逻辑奉为"体系"的完美，视为追求的目的而排斥与之相抵触的事物，使全然忘记了：生命生生不息，艺术源源不绝。试问：符合逻辑而违背生命、压抑人性的体系有没有？有多少？柏拉图以降的西方哲学传统，把自成体系的一种逻辑（辩证理性）看得要比生命的多元和变化更重要，这正是"真理意志"的症结所在。尼采主张，从肯定生命出发，以"变换视角的思辨"（perspectivism）对待知识和价值，恢复知识和艺术之间的正常邦交，知识不再是一种愁苦。

尼采的许多根本的想法，与陀思妥耶夫斯基不谋而合。他们从未见过面，但尼采第一次读到陀思妥耶夫斯基法语版的《地下室手记》时惊叹："他是唯一有教于我的心理学家。"可见，尼采式美学智慧不限于尼采一人。

尼采不事体系，并非不熟悉体系，而是研究过各种体系之后自主的"不事"。他置疑"真理意志"，也并非否定有用的道理、知识和科学。尼采的意思可借老子的口吻翻译：舍弃生命之力而求真理，所得之道非大道也。其可道之道，被某种逻辑和语言禁锢之道，不是生命的悠悠大道。

2 悲剧精神的记忆

上面一小节说到美学智慧、美学现象、宇宙意志、生命的肯定、穿越和交融、生命意志、强力意志，虽然没有刻意用"悲剧精神"这个词，但已经就是悲剧精神。尼采《悲剧的诞生》的要旨，点到这里可以为止。欲辩已忘言，是东方的简约。而西方人的风格，则是忘言仍欲辩，即便沉默，也是两次滔滔不绝之间的沉默。

追问：力是悲剧的核心？

答：在古希腊，在莎士比亚，确实如此。

再问：难道悲剧不是指十分悲惨的事吗？不是指人的灾难、苦难、死亡等？

答：其至现代词典也支持您这样的想法。请看《韦氏词典》的定义，悲剧是"这样的戏剧 …… 展开其主角和强大的力量（如命运、环境、社会）之间的冲突，抵达一个悲惨和灾难的结局"［*Webster's Third New International Dictionary*, Unabridged（1961; 1993 revision）］。对现代人来说，悲剧是悲惨和苦难，是"灾难的结局"，几乎不言而喻。

不过，这样的定义实实在在地错了。就希腊文化而言，悲惨遭遇、苦难经历、灾难性结局、死亡等，本身并不具有悲剧性。狭隘的灵魂看到的苦难、灾难、死亡不是悲剧，一定不是悲剧。只有对苦难和死亡有特殊感受力的灵魂具有悲剧性。

问：悲剧精神是什么？请再说一次。

答：伟大灵魂对生命的所感所悟。对生存的悲观，反而感悟到生命，生命力充盈而溢出，源源不绝，流淌成诗，成音乐。

通常文字表达通常情感，情感就是那些，通常的文字够用。但是，悲剧表达的情感不寻常，使通常语言失灵，超越通常的语言限度的语言是诗，是音乐。

问：听来真奇妙。这是悲剧吗？为什么如此生疏？

答：这样问，说明悲剧精神已被淡忘。我们所处的现代，是该亲近反被疏远，该疏远的反而被亲近了。

问：在现代，就没有悲剧精神？

答：当然有。如果文艺复兴算作早期现代，莎士比亚是最伟大的现代悲剧家。莎士比亚之后，悲剧的精神活着在伟大的现代音乐

（如贝多芬）、现代文学艺术中，活在伟大的灵魂里。别忘了，尼采也是现代人，这是另一种的现代。然而，在现代体系以"光明进步"的虚假乐观所编织的价值中，悲剧精神不再是核心。有些被称为悲剧的现代戏剧，其实不是悲剧。尼采举现代歌剧文化为例，认为歌剧的音乐完全不是悲剧的音乐。

问：记忆中，希腊悲剧和悲剧精神应该是怎样的？

答：且容我慢慢道来。

公元前 5 世纪是希腊悲剧的全盛时期。到了公元前 5 世纪，亚里士多德写《诗学》时，悲剧还在上演，而雅典的悲剧文化已成往事。亚里士多德在那个时候为悲剧做了个至今为人们耳熟能详的定义："悲剧是对一个高尚和完整行动的模仿，具有相当规模；……通过再现令人悲怜和害怕的事件，获得对这些事件的解脱（catharsis）。"（Aristotle，第 63 页）catharsis 又被译为：净化。亚里士多德还是希腊人，毕竟还记得一件事：悲剧的精神离不开高尚（nobility）。但是他研究的是后期悲剧的形式，注重情节而非音乐的戏剧形式，所以没有回答好和悲剧精神相关的问题，比如：为什么人们从悲剧中得到愉悦？他的定义把悲剧的本质和剧情发展混为一谈，造成后世的人得出悲剧是"灾难的结局"这样的结论。

直到 19 世纪，尼采才从理论上回答了这些关键问题。尼采第一本书的全名:《悲剧诞生于音乐精神》,已点明主题。[2]这个说法符合悲剧的历史起源。亚里士多德在回顾悲剧发展史时,也提到悲剧起源于音乐;[3] 不过,在他列举的悲剧六要素里,音乐旋律屈居第六位。

悲剧不是诞生于任意一种音乐,而是诞生于狄奥尼索斯(简称:酒神)音乐。和祭典酒神相关的歌舞、音乐、神话、仪典庆祝都体现着酒神音乐的精神。和酒神有关的神话故事和诗歌,又常是载歌载舞表演的。尼采因此用了许多和酒神相关的故事来说明音乐精神。

"悲剧"的希腊词源,tragoidia(对照现代英语的 tragedy),意思是"宰羊献祭时唱的歌"(song delivered at the sacrifice of a goat, Zimmermann,第 7 页)。这和现代人的"悲剧"观迥然相异。我们从神话和仪典得知,酒神由希腊自希腊之外引进;它是农业的神、自然界的象征、凡间女子和宙斯之神的儿子,又是尽情欢庆生命力的契机。酒神的崇拜者载歌载舞,结队游行,陶醉在半人半羊的萨提尔神(Satyr)的自然形象中。萨提尔是酒神的伴侣,林中的牧笛手,他雄壮的躯体,强壮的阳具,代表尚未被人类的知识所弱化的自然生命力。酒神的信徒在歌唱时,想象自己是萨提尔这样充盈着自然生命力的精灵。尼采说,悲剧合唱队由萨提尔的合唱队演变而来(*Birth*, 第

---

〔2〕 第一版的题目。再版的题目是:《悲剧的诞生:希腊精神和悲观主义》。
〔3〕《诗学》第四节提道:悲剧起初是酒神赞美歌的领歌人的即兴之作。

8节）。

与酒神庆典同时存在的，还有演唱酒神赞美诗（dithyrambs）的吟游诗人。据说，第一个悲剧诗人是生活在公元前 6 世纪的狄斯比斯（Thespis），他善写酒神赞美诗，四处云游并演唱。酒神赞美诗的演唱和悲剧并存，相互影响，一直延续到公元前 5 世纪中叶。希腊人建造了酒神之城之后，每年举行酒神节，在半山开出的圆形剧场里演唱悲剧。起初的悲剧沉浸在酒神祭典的氛围里，神话和英雄时代的人物在歌和舞中再现。酒神节举行悲剧竞赛，由负责宗教事务的行政长官组织，在节日最后三天上演三个悲剧作家的剧，每天四部剧，第四部是萨提尔剧，以比较轻松的格调缓冲前面三部剧的震撼。悲剧的创作非常之丰富，一部剧从不演两次的规矩到公元前 456 年以后才改变（以上参见 Zimmermann，第 1—12 页）。悲剧在公元前 5 世纪进入辉煌，整个希腊民族参与其中，形成雅典的悲剧文化。悲剧的感染力量之强，以至于一场演出竟可吸引 3 万多观众。从某些希腊剧场的废墟中，当年的盛况依稀可见。

尼采专注酒神音乐，亚里士多德着眼情节。尼采之说更接近悲剧的精神。希腊的剧本总算有少数留了下来可做文本分析，所以亚里士多德听起来有理。但当时悲剧的编舞和音乐曲调却永久遗失，不可复得，尼采论述希腊悲剧，要靠他和希腊之魂的神合，所以更要有洞察力。

何为酒神音乐的精神？尼采说，明白了酒神和日神两种冲动如何交互，便可直观艺术的生成过程。日神的冲动是梦的艺术；酒神的陶醉所激发的原始生命力，日神给予它形状、意象、形式。酒神代表尚未成为形式的现实（unformulated reality），日神代表形式化了的现实（formulated reality）。日神的形式，让我们在瞬间的和谐中看到了世界不和谐的真相（酒神现实）。反过来说，艺术中神秘的张力是酒神冲动，暗示着和谐或秩序是短暂的幻象。酒神和日神之间如此的相互作用，说明美学智慧，玄之又玄，变化无穷。

通常对酒神和日神的解释，忽略了这也是两个彼此相关的（但未必在所有时候都相关的）生命观，即酒神代表永恒循环的、无限的生命，日神代表个体的、有限的生命。悲剧剧情的变化很多，不过，令人感动和震撼的片刻，总是展现"个体原则"被粉碎而悲剧进入酒神生命之时。

尼采借用叔本华在《作为意志和表象的世界》第一卷里的一段话，比喻日神代表的"个体原则"（亦即：个体的生命观）："喧腾大海，浩渺苍茫，排山巨浪此起彼落，咆哮不已，有一舟子坐在船上，信赖他的一叶扁舟：与此同理，一个人能平静置身于苦难的世界之中，依赖的是'个体原则'。"（*Birth*，第35—36页）这个比喻生动地说明我们如何依赖"个体原则"（代表某种秩序的逻辑），而这"个体原则"在生命大海里又何等脆弱。

悲剧让我们看到喧腾大海和一叶扁舟的反差，甚至看到"翻船"那一刻。就人性而言，看到翻船令人难以接受。然而，粉碎"个体原则"、抹去日神和谐的一刻，却是悲剧必需的，是个体生命必须面对的永恒循环的生命。德勒兹对这一点的解释直言不讳："（酒神）……粉碎个人，把他拖到大沉船上，让他重归太初。"（Dionysus … shatters the individual, drags him to the great shipwreck and absorbs him into original being.）（*Birth*，第11页）

尼采说："个人原则"被粉碎，先是惊骇，接下来是喜悦。

因何而惊骇？面对整体的生命力，以往足以依赖的理性（sufficient reason）失灵。

喜又从何来？个体与"真宰"与万物重归一体（"重归太初"），我已忘我，心如酒醉，于是顿悟：存在即美学现象。

实际生活中，一个高尚的人需要几十年锲而不舍的追寻，经历并穿越许多的事，才可能遇到生命真相被揭示的那一刻。穿越是理解生命真相必需的过程。悲剧舞台缩短这个过程，让我们在音乐的激励之下直观悲剧人物在惊骇的瞬间完成穿越。观看悲剧而能进入喜悦的肯定，需要健康的心智和文化。

叔本华透辟却自弃，走向苦行哲学，不知何故。尼采写《悲剧的诞生》时，已经在质疑叔本华。在尼采心里，酒神精神毕竟高于叔本华，贝多芬毕竟高于瓦格纳。尼采借用叔本华的话时，显得有些犹豫。我试以"穿越"之说予以加强。

实现穿越：日神成为酒神的载体，酒神生命通过日神得以体现；是本来沉默的宇宙意志发声了，还是人对宇宙意志的模仿（simulacrum）？是人臣服于真宰，抑或是人的忤逆？奥狄浦斯在说什么？

《悲剧的诞生》第一句，提示日神和酒神的关系，如男女之间为生育繁衍产生的情爱，冲突不断，只有间歇性的和解。可见，穿越达到的交融与和解，乃是冲突和张力犹存的和解。

酒神赞美诗、萨提尔合唱、希腊神话、希腊文化的整个架构，处处透出穿越中既交融又冲突的信息。

合唱（chorus）歌舞队的表演引导观众跳出剧情，做超出个体生命局限的思考，体验穿越，经历"翻船"。合唱在戏剧发展史上演变为各种的歌舞和叙述形式。莎剧里的独白便是由合唱演变而来，是酒神发声的形式。

比如，哈姆雷特的这一段："人类是一件如何了得的杰作！如此高贵的理性！如此伟大的力量！如此优美的仪表！如此文雅的举动！行为上多像一个天使！智慧上多像一个天神！宇宙之精华！万物之精灵！可是在我看来，这一个泥土塑成的生命算得了什么？"（What a piece of work is a man! How noble in reason, how infinite in faculty! In form and moving how express and admirable! In action how like an angel, in apprehension how like a god! The beauty of the world. The paragon of animals. And yet, to me, what is this quintessence of dust？）（《哈姆雷特》，第二幕，第二场）

听到夫人离世噩耗的麦克白："明日明日复明日，日日如此缓行，直至时间的最后一个音节；我们所有的昨日，为愚人照亮了步入死亡尘土之路。灭了，灭了吧，短暂的烛光！人生不就是个跌撞的影子，一个可怜的演员，在台上慌乱一阵，然后消失，悄然无声；人生是痴人说故事，充满喧嚣骚动，终是一场空。"（To-morrow, and to-morrow, and to-morrow, / Creeps in this petty pace from day to day, /To the last syllable of recorded time ; / And all our yesterdays have lighted fools /The way to dusty death. / Out, out, brief candle!/Life's but a walking shadow, a poor player / That struts and frets his hour upon the stage /And then is heard no more. /It is a tale Told by an idiot, full of sound and fury/ Signifying nothing.)(《麦克白》,第五幕,第五场)

莎剧里有对生命整体的领悟,也有对生命整体的质问;其中的穿越信息让我们感到个人的微弱,又感到有限融入无限之后的力,恍惚在叔本华的船上,听到喧腾的大海,感到此起彼落的排山巨浪。

希腊文化的整个结构,也是穿越的例证。奥林匹斯山的壮丽雄伟由何而来?尼采说,如果把以日神为表现的希腊文化大厦一砖一石地往下拆,拆至地基,会发现神话故事是希腊文化的基石。特别是这个故事:传说中麦达斯国王(King Midas)为获得人类的最终秘密,费尽心机总算抓住西力纳斯(Silenus),酒神的伴侣,逼迫这个精灵说出那秘密。西力纳斯笑而告知(我想他说汉语的话应该是这样):"苦哉人类,须臾间的浮生,受造化摆布的苦难之子,何苦逼我说出尔等最不该听的事?世上至善之事,尔等完全得不到:不降生,不存在,存于太虚。若有次善一途,那便是:及早断灭。"(Birth,第42页)希腊人感觉到生存的恐怖(the horror of existence),却以生命意志的快乐创造了奥林匹斯山的诸神。诸神的世界体现了希腊人应对生命的勇敢和机智:泰坦神透出人对自然力之残酷的看法;普罗米修斯是人类的朋友,为了人类忍受秃鹰的折磨;命运三女神无情而且深不可测。诸神过着和人类相似的生活，担当起人类的苦难。

人和宇宙在希腊神话中交互共存。与其他的宗教文化相比，人和神在希腊的想象中比例正好。

何为酒神音乐的精神？不妨反问：什么样的倾向不是悲剧精神？

叔本华问：难道生存有任何意义吗？这一问，叔本华似乎成了现代的西力纳斯。不过，希腊神话中的西力纳斯是不把人类放在眼里的神，希腊人是为了反驳西力纳斯而上演悲剧的。叔本华呢，却被自己的问题问住了，止步于悲观。尼采指出生存和世界的意义在于它是美学现象，已经走出了叔本华，完成了他对西方精神史的思考所不可或缺的穿越。

走出叔本华的尼采为什么引用叔本华？因为，叔本华的悲观主义恰恰是西方理性传统（理性优先、理性唯一的传统）所缺少的。这个传统以理性推演获取乐观的结论，以此回避生存的真相。启蒙的"光明进步"历史观是这种理性乐观的现代版。现代人通常视这种理性乐观而又光明的历史进步为理所当然，其实，现代人已经悲观不起。避苦趋乐自然是人性，但是理性优先传统从一开始就以"超验"回避生存的根本问题，以"辩证法"编织否定生命的知识思维，以"真理意志"取代了"生命意志"。尼采借希腊悲剧之力指出，这个价值体系从根本上是虚伪的。

"上帝之死"的真正意思是：西方的最高价值因为自身的缘故而终于贬值。

　　西方主流价值体系是柏拉图理性传统和基督教道德传统的结盟。后者也是和悲剧精神格格不入的。尼采在《悲剧的诞生》对基督教传统着墨不多，他这样写："任何人如果心怀另外一种宗教走近奥林匹斯的诸神，想在那里找到什么道德的提升，甚至是圣洁、脱离肉体的精神、慈善和怜悯，很快就会失望至极，转身离去。因为这里没有什么使人会联想到苦行、修身和义务。我们听到了丰满而凯旋的生命之声，一切的存在，或善或恶，都是神的存在。"（*Birth*, 第 41 页）这样写，分量足够了。

　　什么是悲剧精神？——有力量的悲观主义（pessimism of strength），以悲观为基础的快乐的智慧（joyful wisdom based on pessimism）。那么，悲剧精神被淡忘这件事，和西方的理性知识传统、基督教道德传统的关联是什么，答案呼之欲出。

第八章

尼采式转折（下）

实践音乐吧，苏格拉底

3 苏格拉底和悲剧之死

悲剧诞生、悲剧之死、悲剧再生：是《悲剧的诞生》的三部曲。其中这悲剧之死，由苏格拉底倾向所致。

《悲剧的诞生》写于 1870 年，发表于 1872 年。1871 年，这本书正式发表之前，尼采已经等不及了，自费在巴塞尔出版了书稿，取名为《苏格拉底和希腊悲剧》。这个书名透露了尼采的哲学意图：《悲剧的诞生》是为了思辨苏格拉底的哲学而写。知道了这一点，我们也就明白这本书不仅对文学史重要，对思想史更重要。

苏格拉底的哲学主张"乐观"似乎没有错。不过他这个乐观是假的，是用二元对立的辩证法推理出来的。这样，他狡猾地回避了生存的悲观。他的快乐不是由酒神生命涌出的快乐，缺少了生命的底蕴。正如当今一类人大谈正能量，却害怕生命的真相，以至于沦落到悲观不起的地步。苏格拉底是这些人的鼻祖,是这类倾向的象征。苏格拉底先生因为惧怕酒神生命,用二元对立的推理谋杀了希腊悲剧。尼采说:"乐观的辩证法以逻辑三段法施虐,将音乐从悲剧中驱除。"(*Birth*,第92页)

尼采回到希腊,关心的是现代文化和思想史的走向。尼采批评苏格拉底,却没有用他的二元对立辩证法否定他。他也不否定苏格拉底代表的逻辑思维,而是用修辞法表示:悲剧精神如果再生,需要苏格拉底式的理性服从酒神音乐代表的生命艺术。《悲剧的诞生》可归结于一句话:悲剧能否再生,思想史能否振奋产生新力量,取决于苏格拉底是否能实践音乐。"实践音乐吧,苏格拉底"(Practice music, Socrates)。这当然是修辞的比喻,因为苏格拉底早就死了。

"苏格拉底"早已成为转喻。尼采直呼其名号,意指他和柏拉图师徒代表的西方理性传统,意在指出延续这个传统的现代价值体系的问题所在。

尼采把悲剧之死和欧里庇得斯联系在一起时,目标还是苏格拉底。欧里庇得斯和埃斯库罗斯、索福克勒斯并列希腊三大悲剧作家。如果读者仔细,会注意到尼采并没有把悲剧之死的责任归于欧里庇得斯。尼采重复了古希腊流传的一个说法:在欧里庇得斯和埃斯库罗斯的竞争中,苏格拉底曾设法影响欧里庇得斯,使他写的悲剧遵照逻辑理性,从而背离酒神生命力。这种说法符合一个事实:苏格拉底当时对一部分雅典青年有很大的诱惑力。一些希腊人以"危害青年人思想"的罪名审判苏格拉底。当一部分希腊人用投票的简单多数这种幼稚的民主方式判他死刑时，苏格拉底选择服从这不公正的判决，更使他成为许多青年眼中的烈士。曾经写悲剧的柏拉图，就是在苏格拉底的影响下销毁了自己的悲剧作品。

尼采提及苏格拉底对欧里庇得斯的影响，却对柏拉图对话里的一件事一笔带过，大概是因为那件事已经众所周知。其实，重提此事很是要紧：《理想国》第十章里，柏拉图通过苏格拉底的口，指责以荷马为代表的悲剧诗人，彻底否定了诗和悲剧，判了悲剧死刑。

苏格拉底之死，对人类民主发展史来说是个冤案。而悲剧之死，就整个人类精神史而言又是一个冤案。尼采之前，很少有人注意悲剧之死的冤案。此案积压过久，也冤情重大。

当代许多人想当然认为，苏格拉底和柏拉图是古希腊文化（Hellenism）的典型代表。殊不知，事情恰恰相反。古希腊文化之精髓是悲剧；苏格拉底导致悲剧之死，是反希腊文化的。在苏格拉底之前的悲剧时代，希腊人的美学智慧和他们博大的生命观相辅相成；神话、悲剧、哲学（柏拉图之前的哲学）并存。酒神节期间，雅典的名人望族看完悲剧之后设酒宴庆贺，席间，智者高人谈论悲剧引起的话题，娓娓道来就是哲学。可见美学为主、哲学为辅是当时的风气。柏拉图的《会饮篇》描述的就是这种情形，当时在座饮酒者众多，论道的高手有七位，苏格拉底是其中之一。

反酒神精神的苏格拉底在希腊出现似乎是命数。受他的影响，柏拉图否定了艺术和悲剧，在否定的基础上建立起一套理性体系。

因为这套体系的方法是二元对立的辩证法，美学和哲学被割裂，相互对立。

不仅如此，现象和本质对立，知识和解释对立，理性和艺术对立，灵魂和肉体对立，真理和生命对立，如此等等的二元对立，用以推演理性、生成知识，延续西方价值体系两千多年，虽然逐渐失灵，却并没有寿终，而是以理性、主体、人类中心、进步的等现代价值继续其影响至今。

苏格拉底和柏拉图建立的是一种辩证唯心哲学。国人如今也已习惯于排斥唯心而认可辩证。这一排斥一认可，无意间已经站在苏格拉底一边，视艺术和理性为对立的两端。我们暂不去追究为什么会这样，不妨重新思考何为"唯心"。

人类的愿望、欲念借助于想象和抽象的能力来表达，这也是"唯心"，是人的美学本能，也是艺术中的"虚设"（fiction）。举一例：济慈在1819年4月23岁的时候写下《夜莺颂》。诗里，那只但闻其声不见其影的鸟代表不死，与济慈感觉到的即将来临的死亡形成对照。博尔赫斯曾说，济慈听到的夜莺就是奥维德和莎士比亚笔下咏颂永恒的夜莺。奥维德、莎士比亚、济慈都不是同时代的人，所以，济慈听到奥维德和莎士比亚的夜莺当然是指概念上的夜莺，不是一只具体的夜莺。此种的"唯心"不无道理，也不难欣赏。如果我们把虚的夜莺看成了实的夜莺，岂不是忘记了艺术的常识？

苏格拉底和柏拉图的"唯心"，在于他们太看重概念，进而想象出一个由概念构成的世界。如果他们像济慈或博尔赫斯那样理解，其

"唯心"也就诗意盎然。无奈师徒二人热衷"真理",对诗意毫无兴趣,使尽浑身解数,要把虚的说成实的,把想象的世界说成唯一"真实世界"(the real world),并借此否定一切艺术。他们的错,恰恰在于忘记了适当的"唯心"是人的美学本能,而他们否定美学的本能。

《理想国》第十章里,苏格拉底这样说(柏拉图这样写):"桌子的概念"是"真实的世界"里的"原件"(original),具体的桌子只是对"原件"的"模仿"(imitation)。

重复一遍苏格拉底唯心主义的重点:"桌子的概念"是"原件","原件"是"真理"(truth),真理存在于"真实世界"(充满抽象概念和纯粹形式的世界)里,所以这些原件或真理是上帝创造的。

何为"知识"(knowledge)?"知"(know)"真理"的意思;拥有"知识"也就拥有"真理"。

谁占有"真理"?圣人、哲学家,如苏格拉底、柏拉图。柏拉图以后,神学家、科学家、理论家也算在此列。

根据苏格拉底的理性,依照"桌子的概念"做出桌子的木匠是"模仿者"(imitator)。"模仿者"不拥有"知识"和"真理",只配解释什么是"真理",而"解释"和"模仿"都低于"知识"。

做桌子的木匠已经与"真理"("桌子的概念")隔开一段距离,照着木匠的桌子画桌子的画家,是对模仿的模仿,离"真理"更远。

谁是"模仿者"? 艺术家、诗人、悲剧作家,例如荷马。《理想国》第十章里点名否定了荷马。

我们在还没有完全被苏格拉底、柏拉图搞糊涂之前,应该还记得："桌子的概念"是"真实世界"里的"原件"这件事，原本就是虚设，像济慈的抽象的夜莺一样。苏格拉底和柏拉图把虚的说成真的，再把实的（桌子）说成假的。

"桌子的概念"只是概念世界中的一例。概念世界是"真理"和"知识"的所在之地，所以是"真实世界"。如何确认这是"真实世界"？因为这是上帝的管辖区。何以见得？别问了，苏格拉底、柏拉图是裁判和法官，他们已经这样说了。

听苏格拉底推理活像乘过山车。你越是晕，越觉得他高深莫测。这魔咒名曰二元对立（binary opposition），又称辩证法（dialectical reason）。

辩证法无视人们对一件事有多种感知，硬将事物一分为二，预设出优劣、好坏、善恶、真假。因为我们使用语言时习惯二分法，所以辩证法听起来头头是道。

试用苏、柏二人的例子来驳他们的二分法。问：为什么做桌子的木匠、画桌子的画家只是模仿者？难道他们不掌握桌子的概念，不是"知识"和"真理"的拥有者？

苏格拉底会答：因为他们都是艺术家，艺术家不是哲人，哲人才能掌握真理……如此等等。

掌握辩证推理的苏格拉底说了算，不会让你赢。苏格拉底和柏拉图提出二元对立的直接原因，是借此否定古希腊的悲剧文化。《理想国》第十章的篇首，苏格拉底对格劳孔说的一段话，欲置悲剧和艺术于死地的意图昭然若揭。因为这段话写在开始，初读时我们不明白他的"模仿""模仿族""原件""知识"的所指是什么；现在我们熟悉了他的词汇，也就明白了他的意思。

苏格拉底对格劳孔说："……我们拒绝承认模仿式的诗，那是绝对不可接受的；……你不会在悲剧作家和其他的模仿族那里谴责我，所以我私下告诉你，一切诗意的模仿对听众的理解都是有害的，除非他们拥有代表原件之实质的知识，那才可以抵制模仿。"（Plato，第30页）

预设了理性为优、艺术为劣的苏格拉底和柏拉图，也要否定荷马这样最受希腊人敬仰的诗人。他们怎么证明荷马不是"真理"和"知识"的拥有者呢？老办法：师徒设定政治高于艺术的二元对立，然后说荷马没有从政的经验。这种辩证法有时可以把无理说成有理。荷马因此而蒙冤，悲剧因此而冤死。

苏格拉底式对话是二元对立辩证法的实例。换言之，苏格拉底式对话是并非真正的对话。和苏格拉底对话的人，只有插话表示同意的份儿。法国哲学家哈多特（Pierre Hadot）说："在'苏格拉底式'对话中，与苏格拉底对话的人什么也学不到，苏格拉底也不想教他任何东西。"（Hadot, 第89页）据说，当时的雅典人常见苏格拉底独自站在街头，仰首昊天，一说就是几个小时，好像在索取上天的真理。如果有人不慎向他提问，那算倒霉，只好忍受苏格拉底的对话了。

"唯心"也许不是苏格拉底、柏拉图哲学的要害。要害是他们的"唯心"借助二元对立辩证法成为魔咒。

二元对立造成了后世脱离美学思维的知识观、真理观、主体观、世界观。因西风东渐之故，现在即便在我们这里，实质和现象、唯物和唯心（心与物）、主观和客观、主体和客体等二元对立也成了思维习惯。人们会认为"知识"要比"解释"可信。冠以理性、科学、真理之名的理论让人放心，对理性、科学、真理的任何质疑让人心生恐惧。可见苏格拉底的幽灵依然在世界上徘徊。

尼采对西方历史思辨的一个要点，是他指出苏格拉底和柏拉图用辩证法推广的"真实世界"后来成了西方的最高价值，直到19世纪中叶，人们才意识到这些最高价值已自我贬值。尼采在《偶像的黄昏》里，用一页纸归纳了自柏拉图以来的一段谬误的历史，题为"真实世界最后怎样成了迷思"（"How the Real World at Last Became a Myth" *Twilight*，第40—41页）。不妨把那一页纸上的话做些有创意的延伸，写在这里：

什么是"真实世界"？最初，据说是上帝统领的概念世界。由此演变，"真实世界"是真理的发源地，超验意义（transcendental signified）之所在。超验的世界成了真的，经验的世界反而成了假的。

"真实世界"为基督教道德传统所用，成为"天国"。"天国"被说成是真的，今生今世就成了假的。

最初，据说只有少数德高望重的智者可以进入"真实世界"（the real world），以后，"真实世界"也向各种相信"真理"的人们开放，于是，信众成千上万，口称阿门，高呼万岁。

"真实世界"可以是真理的圣地、宗教的天国、道德的净土。无论是哪种情形，信众个个亢奋而且乐观（至少是不承认悲观），因为他们共享的辩证法提供了真理级的知识。

尼采在《悲剧的诞生》中举了一个典型的苏格拉底命题："美德就是知识；人有罪出自无知；有美德的人是幸福的。"(*Birth*, 第 91 页) 这个命题不仅适用于教徒，也适用于信仰现代乌托邦者。19 世纪俄国的车尔尼雪夫斯基提出现代乌托邦社会，就是从欧洲启蒙运动借来这个命题的。陀思妥耶夫斯基一眼看穿这个命题的虚伪，在《地下室手记》中予以驳斥。

辩证法提供乐观有什么不对？那种乐观，类似吗啡、鸦片或迷幻剂。通过二元对立的虚设，"真实世界"的信徒可以回避生存根本之悲观。辩证法使他们乐观，可以有理由不理睬生存的真相，不理睬生存中的真实人性。

根据苏格拉底命题，"真实世界"的信徒们只需要一句话对付质疑他们的人：你们的悲观是无知所致。意思是：我们对他们的真理、真实世界无知。

什么是苏格拉底的"真实世界"？ 一个否定生命真相的谎言，一个被大师和信徒奉为"真理"的谎言。无论苏格拉底和柏拉图起初的愿望如何，他们的"真实世界"在人类历史上代表的是奴性的愿望，是放弃生命意志的奴隶价值。

4 "实践音乐的苏格拉底"： 尼采转折的符号

逻辑思维和艺术思维对于思辨都是必要的，但苏格拉底的人格代表了两者的分离。

逻辑思维确有价值，但是苏格拉底把逻辑的作用无比夸大。苏格拉底言之凿凿：只要循因果逻辑思考，便可探明万物本质，抵达生命最终的奥秘，由此获得的知识和真理可以解决一切问题。苏格拉底还说，凭借逻辑、知识、真理可以排除对生存的悲观。但他在等待毒药之时，却也难免对死亡的恐惧。

尼采在《悲剧的诞生》里，将只要逻辑不要艺术的人通称为"理论家"，称苏格拉底为"理论乐观主义者"。"苏格拉底是理论乐观主义者的原型，他凭借着可以探明万物本质的信念，认为知识和认知有能力解决一切问题，并在此基础上断言谬误为罪恶之源。"（*Birth*，第97页）

苏格拉底为"乐观"放弃了什么？放弃了整个酒神生命观和美学智慧。虽然真正的哲学家、科学家不会放弃酒神生命观和智慧，但是苏格拉底的人格毕竟变成西方哲学的范式，成为以现代科学观为标志的价值体系的象征。尼采质疑苏格拉底，挑战的是两千多年历史的哲学传统和西方科学、真理观的基础。对尼采式转折的接受和理解，也经历了很长的时间。

《悲剧的诞生》刚发表时，德国学术界以冰冷的沉默来抵制，然后有人谴责尼采违背了学术传统。接下来，尼采在巴塞尔大学的地位也受到影响。现代的苏格拉底比起古代的苏格拉底来，更有体制赋予的优势和权力（《尼采》，第57—60页）。

后来，希特勒利用尼采那件事和希特勒有关，和尼采思想、酒神精神无关。纳粹是极端的民族主义者和种族主义者。而尼采从来不是激情的民族主义者，更不是种族主义者。此外，希特勒信奉的是按照自己逻辑推理的所谓"科学"，信奉压迫别人的权力，和生命意志何干？但是，希特勒却给了本来就排斥尼采的一些人以借口，于是他们也照着样子用不是尼采思想的话解释尼采。这件事不是我们的重点，一笔略过即可。

尼采逝世之后，20世纪有过好几波尼采引起的思潮。他的影响先是见于先锋派文学家和诗人的字句。这些亲近酒神精神的艺术家（其中包括鲁迅先生），在尼采那里感觉到创新的生命之力，受到尼采的鼓舞，个个成就了自己的风格，尼采也就成了现代主义的推动力。

与此同时，海德格尔为了在现象学的困境中另辟新径，借尼采的力来质疑整个形上哲学传统。尼采因此和"存在"扯上关系。之后，以萨特为代表的存在哲学对尼采做了一次充满人道激情的阐释，但是，存在主义与尼采的智慧相比显得幼稚而且生涩。比如，存在哲学以肯定个人来肯定存在，其个体观明显缺乏了对生命"穿越"的思考。勇气有几分，叛逆也有几分，却少了些快乐的智慧。

20世纪60年代中期以后，欧洲（尤其是法国）出现新尼采思潮。这一次的新知新论引用尼采，为重新思辨知识、真理、主体、语言乃至人的状况佐证，使尼采的智慧更完整地浮现，也促成了后现代的理论。比如，德里达的解构理论，借尼采、海德格尔、弗洛伊德的思辨之力，指出二元对立是西方历史上一系列结构的逻辑基础。语言在形成"真理"和"主体"过程中的作用，也成为思辨的焦点。这种种理论，若视为美学尝试，则如春日踏青所见，赤橙黄绿青蓝紫，气象万千。当代理论在尼采之后的一百多年，揭示了尼采式转折的真正含义。

以后见之明来看，《悲剧的诞生》关心的不仅是文学史，还有西方乃至人类的精神史；尼采以希腊悲剧问题为契机，旨在革新以苏格拉底、柏拉图为代表的哲学传统，并以此重新评估体系化的现代价值。

《悲剧的诞生》最令人啧啧称奇之处，是尼采指出苏格拉底倾向的问题之后，却把"苏格拉底"这个符号加以修辞改造，改为"实践音乐的苏格拉底"（music-practicing Socrates），以此代表他所期待的历史性转折。仅此一点，足见其智慧。

尼采说，苏格拉底的人格所代表的反酒神倾向，在苏格拉底之前就有，"只是在他身上有特别夸大的表现"（*Birth*，第 92 页）。然后尼采笔锋一转，问："在苏格拉底主义和艺术之间难道必然是对立，'艺术性的苏格拉底'的产生就全然是自相矛盾？"（*Birth*，第 92 页）换言之，难道理性和艺术一定对立？哲学和诗必然分割？

尼采先于 20 世纪的认知语言学和心理分析学提出，但凡概念，皆为喻说组成的概念（metaphor-concepts），而新概念是旧概念的更新，也是喻说的更新。如果逻辑和艺术（理性和美学）融为一体的思维才是完整，而这样的思维被苏格拉底辩证法割裂，那么，为了使理性思维和美学思维重归一体，还应该保留"苏格拉底"这个符号，留取其中有用的那部分含义。

尼采在关于苏格拉底的传说中找到一个故事，说明苏格拉底的人格中也留有酒神音乐的倾向。据说，苏格拉底对自己专横的逻辑思想，时时感觉一种欠缺。他在狱中告诉朋友，说夜里常梦见神灵向他讲同一句话："实践音乐吧，苏格拉底！"于是，苏格拉底在生命最后的日子里，创作了一首阿波罗颂歌，还将一些伊索寓言写成诗体。

实践音乐吧，苏格拉底！轻似耳语的话，说明苏格拉底逻辑理性不应该和他的美学本能对立。尼采借此要提出什么启示？也许是：哲学家、科学家本来就是艺术家，本来就有美学本能；苏格拉底是因为忘记了他的艺术本能才会谴责酒神音乐。

沿用尼采的用语，暂且称那些忘记艺术的科学家、哲学家、逻辑家为"理论家"，那么，"理论家"和"艺术家"的差别在哪里？差别在于："理论家"用理性的方法揭开了眼前事物的真相，为自己揭示真相的能力而快乐。然而，"每当真相被揭示时，艺术家总是以更大的兴趣注视真相被揭示之后仍然没有被揭开的那一部分"（Birth，第 94 页）。

酒神音乐带给我们默默的验证：我们对生命神秘的种种感受，并非逻辑所获得的因果可概括。白日里站在雅典街头滔滔不绝的苏格拉底对他的辩证逻辑信心百倍，在梦中却察觉到逻辑思维的局限。梦里，神灵提醒苏格拉底：苏格拉底呀，你忘记了酒神音乐的快乐了吗？实践音乐吧，苏格拉底！

科学家、哲学家也应该是艺术家。华兹华斯曾写过："诗是一切知识的呼吸和精致的灵魂；诗的激情表现是一切科学的面孔。"（Poetry is the breath and finer spirit of all Knowledge; it is the impassioned expression which is the countenance of all Science.）

现代的苏格拉底们，别忘了音乐，别忘了美学智慧！

辩证法对事物做单向的、绝对的判断，而美学智慧是双重、双向、多重、多向的思维，这也是真理意志和强力意志（生命意志）的不同。

德勒兹的《尼采和哲学》开宗明义，一句话概括尼采对现代哲学的贡献："尼采做的最基本的事，是把感知和价值的概念（the concepts of sense and value）引入哲学。"（Deleuze，第 1 页）所谓"感知的概念"，指有各种力影响我们对事物做不同的解读，因而人们对同一件事的"感知"（senses）不同。所谓"价值的概念"，指人们评价事物时已经有一种价值是评价的基础，那么这种价值如何产生也必须思考。没有感知概念和价值的概念，哲学的思辨就不可能进行。

在尼采的意义上，也是更严格的哲学意义上，辩证的单向思维不算真正的思辨。

柏拉图以降的哲学传统问：什么是真理？什么是知识？尼采改变了提问的方式，问：哪一种真理？哪一种知识？

换言之，感知和价值的概念，就是用"变换视角的思辨"（perspectivism）思考知识、真理，把思辨和多元变化的生命联系在一起。

尼采把虚无主义也分成好几类。其中，一类虚无使人生命意志消退，比如柏拉图的"真实世界"和基督教的"天国"；另一类虚无，如同战士养息的阶段，反而使生命意志增强。

实践音乐吧，苏格拉底！这何尝不是尼采在提倡文风。当哲人是诗人、诗人是哲人时，逻辑思维和修辞思维重归一体，也就终止了苏格拉底以来将美学和哲学对立的传统。

把尼采的文字当作散文读，感觉清风拂面，返璞归真，绝无炫耀学问硬把短话拉长了的空论。尼采也知道思辨离不开逻辑，但是只有逻辑的思维生命力减弱；在他的文字里，感官的直观同理性的抽象融合。他用"永恒的女性"比喻男性哲学家对生命原则锲而不舍的追寻，以疯人提灯笼在市场打听上帝的下落，如此等等，都是把哲学文学化、讽喻化。读尼采，需要文学式的细读。

尼采常用箴言体（aphorisms），以短篇为单位，片断积累、衔接之后形成规模。有人说：尼采的每段箴言犹如一支剑，尼采的一本书好比装满了剑的剑筒，张弓射箭的尼采岂不是武士的英姿。不过，尼采自己在《偶像的黄昏》里说：他拿的是一只钢琴的调音器，把历史上的偶像们排开来，有节奏地敲击在各个要点上，这岂不是实践音乐的一种方法。

相比之下，后来的理论家有一个通病：他们朝着尼采式转折的方向走，却多半不能脱离理性哲学的语言。德勒兹说得直白："现代哲学显然是托了尼采的福才得以发展。但是，也许不是按照他所希望的方式。"（Deleuze，第1页）

哲学家要成为诗人，先要克服自己身上"理论家"的某些习惯。尼采提到求知欲时说：没有节制的求知欲如同对知识的仇恨一样，会导致野蛮（《希腊悲剧时代的哲学》，第一章第2节）。他又说，没有节制的求知欲（苏格拉底式的求知欲）对人是一种麻醉（Birth，第18节）。尼采反对无节制的求知欲，反对苏格拉底式的知识，因为那种知识束缚创造力和美学智慧。可以这样理解尼采的意思：有时候，博学是可耻的。

5 酒神的现代启示录： 人、真理、主体、历史

有人说，《悲剧的诞生》之后的尼采看重科学和理性，放弃了《悲剧的诞生》中的观点。这个看法值得商榷。尼采在第一本书里，已经从美学智慧出发重新思考科学和理性，以后一直如此。1886 年，《悲剧的诞生》的十四年之后，尼采写了《自我批评的尝试》一文。文中他为自己青年时的写法略表歉意。这并非故作谦虚，因为任何认真诚恳的作家回顾自己十多年前的作品都会看到其中的粗糙。但是，更成熟的尼采没有否定自己早期的基本观点，而是以更简明的语言肯定了《悲剧的诞生》的价值。尼采说，这本胆大的书敢于第一次提出：**"须从艺术家的眼光观察科学，更须从生命的眼光观察艺术。"**（*Birth*，第 19 页）

尼采哲学不是一个体系，却有一个逻辑顺序：从生命的角度理解艺术，再从艺术的角度思考科学、知识、真理。《悲剧的诞生》遵循的是这个顺序，尼采之后那些侧重科学和理性的著作亦然。我们知道：尼采说的生命包括酒神意义上的生命。怀疑尼采是否放弃了《悲剧的诞生》命题的人，是否是在怀疑：酒神精神这么古老的话题会产生新的价值吗？

20 世纪以来的思想史回答了这个问题。由于尼采借希腊悲剧之

力形成与众不同的思辨方式，他在一百年之后成为后现代理论的典范。《悲剧的诞生》里呼唤的历史转折已被公认是尼采式的转折，可见他看重的酒神精神并不是古代奇迹，而是创新的动力。尼采的哲学内容很丰富，对他影响当代思辨的几点我们归纳如下，作为酒神的现代启示录。

（1）尼采哲学里有一个以酒神精神为底蕴的认识：这宇宙不是为人类专设的，人类不是宇宙的中心，人创造的知识受人类的局限所限，人类不是认知的中心或认识论的本体。任何以人类为认知中心的人本主义（humanism as epistemology or humanism as man-centered knowledge）都大有问题。这个看法并不简单：它使"光明进步"的现代体系即刻瓦解，因而是后现代理论的一个关键论点。海德格尔对人本主义的批评，其实也建立在他阅读尼采的基础之上。

尼采这种观点看似轻蔑人类，却是人的最高尊严，看似寡情，却在悲观中含有对人类的大爱。引用尼采的话说，这其中的精神可唱而不可言（"Attempt at Self-Criticism" *Birth*，第 20 页），匆匆说起，随意提到，都会走样，只有在悲剧文化的前提之下才能表达它的力量和尊严。

《论非道德意义上的真理和谎话》这篇散文，从反对人类认知中心论出发揭示"真理"的来源，融合贯穿《悲剧的诞生》的命题，玄妙之理，绵邈之情，尽在悠悠宇宙、茫茫人生的时空展开。

尼采这样开始："很久以前，在分成无数个闪光的太阳系的宇宙一个很不起眼的角落，有一个星球上的聪明动物创造了知识。那是'世界历史'上最傲慢最虚假的一分钟，但仅仅一分钟而已。自然界呼吸了几次之后，这个星球冷却凝固下来，那些聪明的动物只好灭绝。"（*On Truth*，第452—459页）

尼采先站在了宇宙意志一边，反衬人类中心论的自大。然后借力使力，对人类创造的知识和真理的过程就说得非常透彻。他说，人的倾向是对自己和同类掩盖生存的真相，既骗自己又骗别人，知识其实是在这种倾向之下创造的（请参照苏格拉底怎样提出"知识"）。

此外，人以为用自己的词句就可以直达"事物本身"（thing-in-itself）；用"树"或tree或l'arbre这个词，就可触及"树"的本质。这种看法之荒谬，就像一只鸟飞过来向我们夸耀它掌握了世界的全部秘密。尼采因此揭了一切"本质主义"（essentialism）的底。当代思辨理论对"能指"和"所指"的顿悟，也是尼采之后的渐悟。

人的"真理"，从自己的愿望出发，用人类的词句表达，看来很受局限。"什么是真理？……真理是我们已经忘记是幻觉的幻觉；是已经用旧了、了无生意的比喻。"（*Birth*，第455页）当人们向"真理"效忠的时候，往往是向一个已经成了惯例的"谎言"效忠。

（2）尼采式的启蒙是大学的启蒙，研究院的启蒙。有些大师接触到尼采惊惶失措，急忙遮住别人的眼目，口中念念有词："非'理'莫视，非'理'莫听"，生怕主张美学智慧（或任何对理性传统的批评和思辨）会造成"非理性"的混乱局面。

哈贝马斯（Jürgen Habermas）是第二次世界大战之后西方知识界的首领之一，他秉持此见。哈贝马斯认为，酒神精神会引起危险的非理性和美学倾向，以至扰乱了已经建立起来的理论秩序和道德活动（Pearson 引述，见第 16 页）。哈贝马斯对非理性的担心，听起来不无道理，像他这样担心的人也不在少数。不过，其一，尼采并没有说不要理性，"实践音乐的苏格拉底"才是尼采论述美学智慧的完整符号。其二，哈贝马斯应该注意：把理性捧到无以复加的地位并不能避免野蛮。现代史最野蛮、最反人性的事件和现象，常常以理性为包装。理性，可以把不合理的合理化。法西斯独裁都有自己的理论和所谓理性。

至于哈贝马斯担心酒神精神会导致理性主体的瓦解，可以解释为他怕"翻船"。而尼采谈悲剧有一层意思，就是只有经历一次意识上的"翻船"和忘我之后，"主体"的问题才能说清楚。如前所论，能经历"个人原则"的粉碎或理性主体的瓦解，才能把"主体"的问题和酒神生命观联系起来。哈贝马斯理解的主体，还是笛卡尔的 ego sum cogito，不是尼采的 ego fatum。进而，尼采的主体观主张"我"有参与主体创造的自由。经过现代心理分析（尤其是拉康的理论）的探索，当代文论认为，关于"主体"有若干的选择模式（subject positions）；个人和文明之间的矛盾，使得主体的选择说负有政治和美学双重意义。哈贝马斯也许没有想到他应该担心另一件事：现代世界的多数人其实害怕个人自由，准确说是害怕个人自由所必须付出的承担，因而选择向现存的秩序屈服，宁愿牺牲个人创造的自由。

（3）尼采写《悲剧的诞生》，也是基于他的历史观。首先，他不赞同直线式进步的历史观。在尼采看来，"过去"可理解为尚未获得形式的混沌，人们对过去事件有不同的"感知"；谈到过去，总有不同的"力"在较量。历史具有多重意义。

有些人解释历史，为了墨守成规；有些人，为了促生新事物。尼采解读古希腊的悲剧文化属于后者，他借希腊之力，质疑苏格拉底、柏拉图，质疑现代价值体系。但是，他所质疑的倾向，根深蒂固而不易改变。

尼采的叙述使酒神文化离我们近了，但酒神文化复兴的可能，未必就可以乐观。可以肯定的是，每一个时代，总有酒神精神存留在世，总有善于美学智慧的人。所谓"悲剧之死"是比喻一个相对的情景。悲剧精神不死，正如生命意志不死。

参与历史创造的历史解读者，同时看到过去—现在—未来。他只有明悉现在和过去之间的某种连接会造成某种可能的未来时，过去，才显出清晰的脸庞。解读历史是根据现在的需要对过去某些事件做因果关系的解释。历史可以被人误用，历史也可以被善用。误用或善用的标准是什么？尼采答：回忆过去，形成历史的标准是：肯定生命。这个回答发人深省。它暗示了对现代历史观的逆反，亦即：历史可以进步，但不是必然会进步。创造历史的是促进生命任务的人。

解读历史者对人类当下的状况要有清醒觉悟，因为他负有不重复恶缘循环的重任。

对当今时代的需要获得清醒的认识时候，历史伟人可以显出逆反历史的（unhistorical）的胆识。他逆反历史的举措又恰好使他置身历史（historical）。逆反历史实际上是忘记历史过重的那一部分负担，所以历史的艺术是逆反历史和置身历史、忘记和记忆之间的平衡。而掌握历史艺术的人，除了对现在有清醒认识之外，眼光是超越历史的（suprahistorical）。他洞察世界历史的整体变化如同一盘棋局。

置身历史、逆反历史、超越历史是三合一的健全历史思维，这是尼采《历史的使用和误用》一文的精要，当年尼采将它纳入论文集，统称《不合时宜的思考》。（又"On the uses and disadvantages of history for life"，*Untimely Meditations*，第59—123页）

"现代"这个词既指当下的趋势，又指新事物的创造。那么，"新"的出现如果是不合时宜（逆反潮流）的想法，它是现代的，还是反现代的？尼采的观点出自对现代人类问题的关切，他的想法新意盎然，应该是真正的现代派；而他的新意又是逆反某种公认的现代趋势。尼采是现代，还是反现代？波德莱尔、福楼拜、陀思妥耶夫斯基，他们也是这样的。

这本文学研究的学术著作已经回答了这个问题。本书的结论可一言以蔽之：**欧洲现代主义文学既是现代性的一部分，又是现代性中的一股思辨、反叛、颠覆的力量。**

奥地利作家布洛赫（Herman Broch）对现代主义文学的看法正是这样。艾斯坦森这样概括布洛赫："布洛赫指出现代主义与启蒙整体计划是双刃的关系，这一点意味深长。不妨说，现代主义（文学）既

是启蒙计划的继承者，也是对其历史进程的反叛。"（Eysteinsson，第
36 页）

尼采的历史思维包括这样一个灼见：如何同时置身而又逆反历
史，取决于有没有超越历史的眼光。

希腊悲剧时代的哲学家赫拉克利特，留下一些令人回味无穷的
俳句式的片断。第 52 号片断提到："Aion 是个孩子在下棋。"Aion 这
个希腊词指时间的概念，可指人一生的时间，也可指世界时间。尼采
视 Aion 为世界时间，所以下棋的可不是普通的孩子，而是掌握了世
界原则和世界时间（world principle and world-time）的宙斯。尼采认
为：赫拉克利特在看孩子玩游戏时，"在想着伟大的世界之子宙斯"
（Luckacher 引用，第 7—9 页）。

尼采曾说，有意义的人生，应该经历"孩子—骆驼—吼狮—孩
子"的四变。最后这个孩子，聚集了儿童的纯真、骆驼的负重能力、
吼狮的战斗性，可不是一般的孩子。尼采本人，是个想再变成孩子的
哲学家，也就是那个会下棋的孩子 Aion。

瞧这个孩子，凝神坐定，眼观千年为一格的棋盘，但见他眉头
舒展，永恒的循环在转念之间完成，他轻移一子，从容应答"现代"。

参考文献

启蒙篇

Baker, Keith Michael and Peter Hanns Reill, (eds), *What's Left of Enlightenment?: A Postmodern Question*. Stanford, CA. : Stanford UP, 2001.

Beaumarchais, Pierre Augustin Caron de. "Excerpt from *Le Mariage de Figaro*." Kraminick 23–24.

Becker, Carl L. *The Heavenly City of the Eighteenth–Century Philosophers*. New Haven and London: Yale UP, 1932.

Cassier, Ernet. *The Philosophy of the Enlightenment*.Trans. Fritz C. A. Koellin and James P. Pettegrove. Princeton: Princeton UP, 1951.

Condorcet, Marquis de. "The Future Progress of the Human Mind." Kraminick 26–38.

Dostoevsky, Fyodor. *Notes from Underground & The Grand Inquisitor*. trans. Ralph E. Matlaw. New York: Median Books, 1991.

Flaubert, Gustave. *Masdame Bovary*. Trans. Eleanor Marx Aveling and Paul de Man. Second critical edition. New York and London: W. W. Norton, 2005.

Flax, Jane. "Postmodernism and Gender Relations in Feminist Theory" in *Feminism/Postmodernism*. ed. Linda J. Nicholson, New York: Routeledge, 1990.

Foucault, Michel. *Discipline and Punish*: *The Birth of the Prison*. Trans.Alan Sheridan. Second edition. New York: Random House/ Vintage,1994.

——. *History of Sexuality: Volume 1: An Introduction*. Trans. Robert Hurley. New York: Random House/ Vintage, 1978.

——. "What is Enlightenment？" *Foucault Reader*. ed. Paul Rabinow. New York: Pantheon Books, 1984. 3250.

——. *Madness and Civilization: A History of Insanity in the Age of Reason*. New York: Pantheon, 1965.

Horkheimer, Max and Theodor W. Adorno. *Dialectic of Enlightenment*. trans. John Cumming. New York: Herder and Herder, 1972.

Horkheimer, Max. "Reason Against Itself: Some Remarks on Enlightenment." Schmidt 359–367.

Kant, Immanuel. "What is Enlightenment?" Kramnick 1–7.

Kramnick, Isaac,(ed.), *The Portable Enlightenment Reader*. London: Penguin, 1995.

Kristeva, Julia. *Strangers to Ourselves*. trans. Leon S. Roudiez. New York: Columbia UP, 1991.

Lacan, Jacques. "The Agency of the Letter in the Unconscious or Reason since Freud." trans. Alan Sheridan. David H. Richter 1045–1065.

Lyotard, Jean–Francois. *The Postmodern Condition: A Report on Knowledge*. trans. Geoff Bennington and Brian Massumi. Minneapolis: U of Minnesota P, 1984.

Mozart, Wolfgang Amadeus. "Excerpt from *The Magic Flute*." Kraminick 25–26.

Nietzsche, Friderich. *Human, All Too Human: A Book for Free Spirits*. trans. R. J. Hollingdale. Cambridge and New York: Cambridge UP, 1986.

——. *The Birth of Tragedy & The Case of Wagner*. trans. Walter Kauffman. New York: Random House/ Vintage, 1967.

Porter, Roy. *The Enlightenment*. Second edition. New York: Palgrave, 2001.

Racecski, Karlis. *Postmodernism and the Search for Enlightenment*. Charlottesville: UP of Virginia, 1993.

Richter, David H., ed. *The Critical Tradition: Classic Texts and Contemporary Trends*. Second edition. Boston and New York: Bedford/ St. Martin's, 1998.

Rorty, Richard. "The Continuity Between the Enlightenment and 'Postmodernism'." Baker 19–36.

Rousseau, Jean-Jacques. "Excerpt from Discourse on Arts and Sciences." Kraminick 363–369.

Schmidt, James, (ed.), *What is Enlightenment? Eighteenth-Century Answers and Twentieth-Century Questions*. London: U of California P, 1996.

Schouls, Peter A. *Descartes and the Enlightenment*. Edinburgh: Edinburgh UP, 1989.

Sluga, Hans. "Heiddeger and the Critique of Reason." Baker 50–70.

法兰西篇

"Madame Bovary on Trial" in *Madame Bovary*. ed. Margaret Cohen. Norton critical second edition. 313–388.

Baudelaire, Charles. *The Flowers of Evil and Paris Spleen*. Bilingual edition. trans. William H. Crosby. Brockport, New York: BOA, 1991.

——. "The Painter of Modern Life." *Selected Writings on Art and Literature*. trans. P. E. Charvet. London: Penguin, 1972. 300–435.

——. "The Salon of 1846." *Selected Writings on Art and Literature*. trans. P. E. Charvet. London: Penguin, 1972. 47–107.

Benjamin, Walter. *The Arcades Project*. trans. Howard Eiland and Kevin

McLaughlin. Cambridge, MA and London: The Belknap Press of Harvard UP.

——. "On Some Motifes in Baudelaire." *Illumlnations: Essays and Reflections*. ed. Hannah Arendt. New York: Schcken Books, 1969. 155–200.

Corbin, Alain. *The Foul and the Fragrant: Odor and the French Social Imagination*. Cambridge: Harvard UP, 1986.

de Man, Paul. "Literary History and Literary Modernity" in de Man's *Blindness and Insight*. Second edition. Minneapolis: U of Minnesota P, 1983. 142–165.

Fairie, Alison. *Baudelaire: Les Fleurs du Mal*. London: Edward Arnold, 1960.

Flaubert, Gustave. "Letters about Madame Bovary" in *Madame Bovary*. ed. Margaret Cohen. Norton critical second edition. 300–312.

Madame Bovary. trans. Eleanor Marx Aveling and Paul de Man. ed. Margaret Cohen. Norton critical second edition. New York and London: W. W. Norton, 2005.

Girard, Rene. *Deceit, Desire and the Novel: Self and Other in Literary Structure*. Trans. Yvonne Freccero. Baltimore and London: The Johns Hokins UP, 1961 and 1966.

Nabokov, Vladimir. *Lectures on Literature*. ed. Fredson Bowers; introduction by John Updike. San Diego, New York and London: Harcoourt, 1980.

Shklovsky,Victor. "Art as Technique." *The Critical Tradition: Classic Texts and Contemporary Trends*. ed. David H. Richter. Second edition. Boston and New York: Bedford/ St. Martin's, 1998. 717–726.

Terdman, Richard. *Present Past: Modernity and the Memory Crisis*. Ithaca and London: Cornell UP, 1993.

［德］本雅明：《发达资本主义时代的抒情诗人》，王才勇译，南京：江

苏人民出版社, 2005 年。

[法] 福楼拜:《包法利夫人》, 李健吾译, 台北: 书华出版有限公司,
1992 年。

木心:《素履之往》, 台北: 雄狮图书股份有限公司, 1993 年。

木心:《论美貌》, 见《即兴判断》, 台北: 圆神出版社, 1988 年, 第
1—5 页。

上海音乐学院音乐研究所 (编译): "Musical Joke",《外国音乐辞典》,
上海: 上海音乐出版社, 1988 年, 第 516 页。

俄罗斯篇

Bakhtin, Mikhail. *Problems of Dostoevsky's Poetics*. ed. and trans. Caryl Emerson.
   Minneapolis: U of Minnesota P, 1984.

Chernychevsky, N. G. "Excerpts from *What Is to Be Done?*" Included in
   Dostoevsky's *Notes from Underground and The Grand Inquisitor*. trans.
   Ralph E. Matlaw. New York: Meridian Books, 1960. 146–177.

Dostoevsky, Fyodor. *Diary of a Writer (1873)*, entry 3. Trans. Boris Brasol.
   Braziller, 1958. 23–30.

Notes from Underground and The Grand Inquisitor. trans. Ralph E. Matlaw. New
   York: Meridian Books, 1960.

Foucault, Michel. "What is Enlightenment?" *The Foucault Reader*. ed. Paul
   Rabinow. New York: Pantheon Books, 1984. 32–50.

Gogol, Nicolai V. "Nevsky Prospect" (1834) in *The Overcoat and Other Tales
   of Good and Evil*. Trans. David Magarshack. New York and London: W. W.
   Norton, 1957. 161–202.

——. "The Overcoat"（1841）in *The Overcoat and Other Tales of Good and Evil*. trans. David Magarshack. New York and London: W. W. Norton, 1957. 233–271.

Lawrence. D. H. "Preface to Dostoevsky's *The Grand Inquisitor*" in *Dostoevsky: A Collection of Critical Essays*. ed. Rene Welleck. Englewood Cliffs, N. J.: Prentice–Hall, 1962. 90–97.

Nietzsche, Friderich. *Human, All Too Human : A Book for Free Spirits*. trans. R. J. Hollingdale. Cambridge and New York: Cambridge UP, 1986.

［俄］陀思妥耶夫斯基:《冬天所记夏天的印象》（1863年),《陀思妥耶夫斯基散文选》, 刘季星、李鸿简译, 天津: 百花文艺出版社, 1997年, 第231—320页。

［俄］陀思妥耶夫斯基:《一件私人的事》（1873年1月）, 同上, 第146—159页。

［俄］陀思妥耶夫斯基:《〈安娜·卡列尼娜〉, 具有特别意义的事实》（1887年7月）, 同上, 第162—169页。

［俄］陀思妥耶夫斯基:《普希金》（1880年6月8日）, 同上, 第209—230页。

冯川:《忧郁的先知: 陀思妥耶夫斯基》, 成都: 四川人民出版社, 1997年。

［俄］果戈理:《外套》, 刘开华译, 合肥: 安徽文艺出版社, 2004年, 第1—63页。

［俄］果戈理:《狂人日记》, 同上, 第64—112页。

［英］马尔科姆·琼斯:《巴赫金之后的陀思妥耶夫斯基》（1990年）, 赵亚莉等译, 长春: 吉林人民出版社, 2004年。

木心:《九月初九》, 见《哥伦比亚的倒影》, 桂林: 广西师范大学出版社, 2006 年, 第 3—9 页。

尼采篇

Artistotle. "From Poetics" in *The Critical Tradition: Classic Texts and Contemporary Trends*. Third Edition. ed. David H. Richter. Boston and New York: Bedford/ St. Martin's. 2007. 59–81.

Borges, Jorge Luis. "John Wilkins' Analytical Language" in *Selected Non-Fictions*. ed. Eliot Weinberger. trans. Esther Allen, Suzanne Jill. Levine and Eliot Weinberger. New York: Vilkin Penguin, 1999. 229–232.

Deleuze, Gilles. *Nietzsche and Philosophy*. trans. Hugh Tomlinson. New York: Columbia UP, 1983.

Eysteinsson, Astradur. *The Concept of Modernism*. Ithaca and London: Cornell UP, 1990.

Hadot, Pierre. *Philosophy as a Way of Life*. Edited with an introduction by Arnold I. Davidson. trans. Michael Chase. Oxford, U. K. and Cambridge, U. S. A.: Blackwell, 1995.

Luckacher, Ned. *Time–Fetishes: The Secret History of Eternal Recurrence*. Durham and London: Duke UP, 1998.

Nietzsche, Friedrich. "Attempt at a Self–Criticism" in *The Birth of Tragedy and The Case of Wagner*.trans. Walter Kaufmann. New York: Vintage, 1967. 17–27.

Nietzsche, Friedrich. "On Truth and Lie in an Extra–Moral Sense" in *The Critical Tradition: Classic Texts and Contemporary Trends*. ed. David H. Richter.

Boston: Bedford/ St. Martin's, 2007. 452–459.

Nietzsche, Friedrich. "On the uses and disadvantages of history for life" in *Untimely Meditations*. trans. R. J. Hollingdale. Cambridge, New York: Cambridge UP, 1983. 59–123.

Nietzsche, Friedrich. *The Birth of Tragedy* in *The Birth of Tragedy and The Case of Wagner*. trans. Walter Kaufmann. New York: Vintage, 1967. 33–144.

Nietzsche, Friedrich. *Twilight of the Idols* in *Twilight of the Idols and The Anti-Christ*. trans. R. J. Hollingdale. Middlesex, England: Penguin, 1972.

Pearson, Keith Ansell. *How to Read Nietzsche*. New York and London: Norton, 2005.

Plato. "*Republic*, Book X" in *The Critical Tradition: Classic Texts and Contemporary Trends*. Third Edition. ed. David H. Richter. Boston and New York: Bedford/ St. Martin's, 2007. 30–38.

Zimmermann, Bernhard. *Greek Tragedy: An Introduction*. Translated from German into English by Thomas Marier. Baltimore and London: The Johns Hopkins UP, 1986.

［德］伊沃·弗伦策尔:《尼采》, 张念东、凌素心译, 石家庄: 河北教育出版社, 1996 年。

［德］尼采:《希腊悲剧时代的哲学》, 周国平译, 台北: 台湾商务印书馆, 1994 年。

木心:《魏玛早春》,《巴珑》, 台北: 远流出版有限公司, 1998 年, 第 227—239 页。

索 引

（按拼音字母顺序排列，分隔线"/"前为序言页码）

鸣　谢

I am indebted to many for the writing and revision of this book. First, I am indebted to my mentors at University of Massachusetts at Amherst. Thank you, Professor Arthur F. Kinney, Professor Jules Chametzky, Professor Robert Keefe, Professor Thomas Ashton, and Professor Robert J. Ackerman for your patient guidance and wisdom. I wish to acknowledge my heart-felt thanks to all my colleagues in the English Department of California State University, Los Angeles. Thank you, Ruben Quintero, Roberto Cantu, Michael Calabrese, Martin Huld, Andrew Knighton, Hema Chari and Linda Greenberg for your generous support and your friendship. Thank you, Yolanda, Jeanne, Stephanie and Alfredo for always making me feel at home with your kindness, humor and assistance. I also want to thank all my students who took my courses on Critical Theory and on 19th Century European Literature and made insightful comments that I include in this book, especially Kevin, Amanda, Cecille, Ray, Angie, Alison, Gaelle, Carla and Eman. A special note of thanks to Professor Marshall Berman, author of *All That Is Solid Melts Into Air*. I will always remember our conversation at an International Conference on Modernity in Los Angeles about the concerns you and I share. Thank you all for such a wonderful journey filled with serendipities.

　　深切怀念我的老师和朋友木心先生。木心读完了这本书的初版，封面设计经他指点确定。木心说："以后会有许多人因为这本书知道童明。"感谢陈丹青历来的理解和支持；他指导了本书初版的美术设计。感谢理想国曹凌志先生多年来的支持。感谢我的责任编辑、生活·读书·新知三联书店的年轻朋友吴思博，没有她的热情支持和细致的工作，也就没有这本书的修订版。感谢我的朋友们：王瑞、李建峰、王炳均、李铁、李春阳、殷企平、李公昭、陈正发、管南异、徐贲。

　　特别感谢燕平和新雨几十年来默默的支持，他们深知思想的酝酿和结果经历了哪些艰辛。感谢母亲给我生命和生命的智慧。感谢我的弟妹晓康、晓梅、刘睿对我的信任和支持。